光文社文庫

長編時代小説

父子十手捕物日記

鈴木英治

光　文　社

目次

父子十手捕物日記

第一章　数珠（じゅず）の霜

一

渦を巻くように舞いあがった土が潮騒（しおさい）のような音を響かせて通りすぎてゆく。裾（すそ）が激しくばたつき、袖（そで）に入りこんだ風にわずかながらも体を持っていかれそうになった。

「江戸はこれがいかんよなあ」

御牧文之介（みまきふみのすけ）は目をごしごしやって、ぼやいた。耳にも入ったような気がして、人さし指を突っこむ。

「冬になると、特に埃（ほこり）っぽくなっていけねえや。まったく天上のお方が荒っぽく箒（ほうき）でもかけてるみたいだぜ」

指先を見て、文之介は目をむいた。

「おい勇七（ゆうしち）、これ見てみろ」

振り返り、うしろをついてくる中間(ちゅうげん)に人さし指を見せた。

「でっけえ耳くそだぜ。こんなの、久しぶりに見たぜ」

「旦那(だんな)、そういうのは人に見せるような物じゃないですよ」

たしなめられて指先をふっと吹いた文之介は襟元(えりもと)をかき合わせた。

「しかし勇七、寒くなってきやがったなあ」

「ええ、冬ですから」

ぼそりと答える。

「まったく相変わらず愛想のねえ野郎だぜ」

空は晴れあがり、大気は乾いている。行きかう町人は背中を丸め、冷たい風から一刻もはやく逃れようと急ぎ足だ。

二人がいるのは本所相生町(ほんじょあいおいちょう)。南側は竪川(たてかわ)に面する河岸(かし)で多くの舟がつけられ、寒風のなか半裸姿の人足たちが荷の積み卸しをしている。見ているだけでこちらが寒くなりそうな光景だ。

「勇七、おめえはけっこういい男なんだから、もちっと明るくすれば、女にもてるんじゃねえかと思うけどな」

そう口にしつつも文之介は、行きすぎる若い娘の品定めに熱中している。おっ、なかなかかわいいじゃねえか。あれでもうちっと胸があったらなあ。

「旦那だってもう少し落ち着けば、もてやすよ。顔はご隠居に似てるんですから」

「俺が親父に。俺はあんなにでっけえ顔じゃねえぞ」

「大きさじゃなくて、顔のつくりですよ。目とか鼻とか口とか」

「そんなこたあ、いわれなくてもわかっているよ。しかし勇七、日がたつのは本当にはええなあ」

文之介はのんびりした口調でいい、十手を肩にのせた。

「あと三日で師走だぜ。正月が来ればまた一つ歳を取るってこったな。勇七、おめえはいくつになるんだ」

「旦那と同い年ですよ、そんなのはわかってるでしょうに」

「ああ、そうだったな。じゃあ、年が明ければ二十三か」

「そうですよ。そんなことより旦那、十手は懐に大切にしまっておかないと」

勇七が少し険しい目で注意する。

「かっぱらわれたらことですよ」

「そんなやつはいねえだろ。俺は定町廻り同心だぜ」

文之介はぐいと胸を張った。

「でもやることは馬鹿なんだよな」

文之介はむっと勇七を見直した。

「なんだ、なにかいったか」

「いえ、別に」

勇七が口をつぐむ。

「なんか、馬鹿とかきこえたような気がしたんだが」

「あっしが旦那に向かってそんなこと、いうわけないでしょう」

「ふん、どうだかな。おめえはちっこい頃から口が悪かった」

「小さい頃はそうだったかもしれませんが、今はましになりましたよ」

「そうかな」

文之介は首をひねった。そのとき、横合いの路地から男の子があらわれた。

気配を感じた文之介がそちらに顔を向けると、男の子はにやりと笑った。

「おい、なにがおかしい」

その瞬間、逆からすばやく近づいてきた別の男の子が十手をひったくっていった。

「あっ」

「やった」

おとりになった子供が声をあげる。

「見ろ、ちょろいもんだぜ」

十手を手にした男の子は得意げに振りまわし、だっと走りだした。どこに隠れていたのか、そこかしこから新たに四人の男の子があらわれ、十手を持つ男の子のまわりにあっという間に集まった。

一団となった六人の子供は歓声と土煙をあげて遠ざかってゆく。

「てめえらっ、待ちやがれっ」

文之介はあわててあとを追った。

「ほら、いわんこっちゃない」

ため息をつくように言葉を漏らした勇七がついてくる。

定町廻り同心が十手を振りかざした子供たちを追いかけるという図を、道行く人たちは目を丸くして眺めている。

「くそっ、餓鬼どもめ。こんなことが知れたら、どんなお叱りを受けるか」

男の子たちはさらに足をはやめて右手の路地に駆けこんでいった。

「逃がしゃしねえぞ」

息巻いた文之介だったが、路地を入ってすぐのところで足をとめた。子供たちが待ち構えていたからだ。

文之介はぜえぜえと息も荒くにらみつけた。

「仙太、次郎造、寛助、太吉、保太郎、松造。てめえら、悪餓鬼なのはわかっちゃいたが、ついにこんなことしでかしやがって。牢にぶちこんでやるからな」

「文之介の兄ちゃん、鍛え方が足りないよね。こんなので疲れちゃうなんてさ」

仙太がなんの効き目もなくいう。

「そうそう、そんなんじゃ悪人なんてつかまえられっこないよ」

「そんなんだから、一度も手柄、あげられないんだよ」

「てめえら、いいたい放題いいやがって」

「だってほんとのことじゃない」

「本当のことだからって、いっていいことと悪いことがあるんだ」

「あれ、気にしてたんだ」

むっ、と文之介はつまった。

「とっとと返せ」

仙太に向かって腕を伸ばす。

「返してほしいの」

すばやくうしろに下がった仙太が十手を揺らすように振った。

「返してほしけりゃ――」

左の手のひらを差しだしてきた。

「てめえ、町方から金を巻きあげようっていうのか。いい度胸じゃねえか」

「払わないの。あっ、そう。じゃあね」

体をひるがえし、仙太が走りだそうとした。ほかの五人も続こうとする。

「待て。――いくらだ」

子供たちが足をとめる。文之介は懐から財布を取りだした。

「ちょっと旦那、払うんですか」

勇七が驚いてきく。

「だって、返してくれなきゃ仕方がないだろう。俺はもう走るのはいやだ」

なにか勇七がつぶやいた。まったくだらしねえな。そういうふうにきこえた。

「なんだと」

文之介はきっとして見たが、勇七は耳に届かなかった表情で腰の捕縄を手にした。

次になにが起きるかさとった子供たちがいっせいに駆けだそうとする。

しかし勇七のほうがはやかった。縄の先が手裏剣でも投げつけたように鋭く走り、仙太の腕にあった十手にからみついた。

勇七が鋭く手首をひねると、文之介にぶつかる勢いで十手が戻ってきた。

文之介はよけるようにしながら、ばしっと手にした。

「おめえたち、今度またやったら、本当に牢に連れてくからな」

勇七が凄みのある口調で脅す。息をのんだ様子の子供たちはかたく縛られたように身動き一つしない。

「わかったか」

がくがくと子供たちはうなずいた。

「よし、行っていいよ」

勇七が一転穏やかにいうと、呪縛が解けたように体から力を抜いた。

「おめえら、よっぽどびっくりしたみてえだな。遊びがすぎるんだよ。二度とやるんじゃねえぞ」

文之介が笑いながらいうと、わかったよ、じゃあね、と答えて子供たちはのろのろ遠ざかってゆく。

それを見届けてから、文之介は勇七に向き直った。

「しかし相変わらずすごいな」

すばらしい捕縄術に素直に感嘆している。

「いや、このくらい捕り手の一人として当然ですよ」

渋い顔でいい、勇七がつけ加える。

「十手はちゃんとしまっといてくださいね」

二

十手を懐に隠し入れた文之介は勇七をしたがえて、江戸の町をめぐり歩いた。各町の自身番に声をかけ、異常なしを確認してゆく。

日が高くなるにつれ、さらに風が強くなってきた。暖簾がばたばたとはためき、板戸ががたがたと鳴る。木々が枝をきしませ、鳥の群れが飛び立つように土埃が舞いあがる。

きゃっ。裾をまくりあげられた娘の悲鳴が届き、文之介は土埃が入るのもかまわず目を向けた。

その娘に導かれるようにふらふらと横道にそれてゆく。

「ちょっと旦那、どこ行くんです。道がちがいますよ」

「ちょっとくらいいいじゃねえか」

「ずいぶん遠慮したいい方ですね。毎度のことじゃないですか」

「そうだったかな。しかし勇七、今の娘はよかったな。色白で胸がでっかくて。勇七の好みじゃねえのか」

「旦那、女のけつばっかり追いかけてねえで、仕事をしましょうや」

「ちゃんとやってるじゃねえか」

「——旦那、鏡、持ってますか」

「なんだ、急に。ねえよ」

「いえ、その鼻の下が伸びたしまりのないお顔をご覧に入れたいと思いまして」

「勇七、鼻の下が伸びるなんて、そんなことはありえねえんだよ。俺はそんな野郎、これまで一度も見たことねえぜ」

勇七がにっと笑う。

「惜しいですねえ。今が最初の機会だっていうのに」

「まったく無礼なやつだぜ。ああ、わかったよ。仕事に励めばいいんだろ」

しばらくは目の前を行きすぎる娘の顔を品定めするように見るだけで、あとをついてゆくような真似はしなかった。

そうしている限り、勇七もなにもいわずうしろを歩いている。

大横川(おおよこがわ)にぶつかったところで文之介は足をとめ、空を見あげた。額(ひたい)の汗をぬぐう仕草をする。

「それにしても勇七、喉(のど)が渇いたな」

太陽は頭上にあるが、西から広がってきた薄い雲に陽射しをさえぎられて、さらに力をなくしている。江戸の町は冷えつつあり、歩き続けていてもろくに汗は出てこない。

「そうですか。あっしは大丈夫ですよ」

「いや、もう足もだるくなってきたしな。どこかで一休みしてこうぜ」

「旦那、定町廻り同心がそんなやわなこと、いわないでくださいよ」

「だってしょうがねえだろう、疲れちまったもんは。もう歩けねえよ」

勇七がこれ見よがしに舌打ちする。

「はいはい、わかりましたよ。ちょっとだけですからね」

「ふむ、だいぶ話がわかるようになってきたじゃねえか」

すたすたと文之介は大横川に沿って北へ歩きはじめた。

「いったいどこが疲れてるんだい」

勇七があきれたようにいったが、文之介は意に介さなかった。

やがて、見えてきたのは大きな寺の屋根だ。瓦葺き(かわらぶ)の巨大な傾斜が、日の光をほんのりと浴びてやわらかく輝いている。北本所出村町(でむらまち)にある法恩寺(ほうおんじ)だ。

文之介の目当ては、法恩寺の西側に建つ一軒の水茶屋だ。団子、と太く記された幟(のぼり)がいたずら小僧に揺すられたように激しくはためいている。

名を小竹屋(こたけ)といい、幟に謳(うた)っている団子がとにかくうまく、しかも安い。文之介の数多い好物の一つだ。

「さて、お佐予(さよ)ちゃんはいるかな」

文之介はいそいそと近づいていった。

「結局、いつもと同じじゃねえか」

勇七が毒づく。

「あれ」

あと十間ほどまで来て文之介は立ちどまり、目をみはった。勇七も気づく。

「ご隠居じゃないですか」

「ああ。でもなんでこんなところに」

縁台に父の丈右衛門が座っており、茶を飲んでいる。いや、茶ではなかった。

秋が深まる頃からこの茶店は甘酒を供するようになるのだが、父は、湯気がほかほかとあがる器を傾けては、満足げな吐息を漏らしている。

「声、かけないんですか」

「いや、こんなところで会うとは思わなかったからな」

実際、ここしばらく面と向かって話したことがなく、なにをしゃべればいいのかわからない。家督を継いで正式に同心となってから、腕利きの同心だった父に対して、どうも素直な態度が取れなくなっているのだ。

「では、団子はやめときますか」

「いや、せっかくここまで来たんだし……」

丈右衛門が、文之介の贔屓にしている看板娘のお佐予の尻をつるりとなでた。

きゃっ。お佐予は飛びあがったが、じゃれるようにして丈右衛門の肩を軽くぶった。恥ずかしそうにはしているが、どうやらいやがってはいない。

「ご隠居、相変わらずですねえ」

勇七が笑っている。その笑いには、文之介が同じことをやったときに向ける嫌悪の色は全然ない。

正直、文之介はおもしろくない。まったくどいつもこいつも、と小さく漏らす。

そのつぶやきがきこえたようにぴくりと丈右衛門が顔をあげた。

「おう」

文之介を認めて手をあげる。

文之介は仕方なく足を踏みだした。父の前に立ち、一礼する。

「楽しそうですね」

「まあな」

「この店はなじみなんですか」

「当たり前だ。俺がどれだけ長く町廻りをやっていたか、知らんわけではなかろう。ここいつは冬の楽しみの一つだ」

丈右衛門は甘酒を飲み干し、お佐予におかわりを頼んだ。

「まあ、そんなところに突っ立ってないでかけろ」

文之介は父の隣に腰をおろした。

「勇七も遠慮するな」

「いえ、あっしはこちらで」

かしこまるようにいった勇七は丈右衛門の斜め前に立ち、身動き一つしない。

「相変わらずだな。でも、そんなところに立ってられたら他の客の迷惑になる。座ったらいい」

わかりました、と勇七は縁台の端に尻を預けるようにした。丈右衛門は微笑してうなずき、その目を文之介に転じてきた。

文之介は控えめに見返した。

目の前の父の顔。輪郭は大きいが、勇七のいう通り造作はととのっている。きれいに剃りあげた月代の下には、忍耐強さをあらわしているような太い眉、なんでも見通せるような大きな黒い目がのっている。鼻筋の通った鼻梁は聡明さを伝えているし、ほどよく引き締められた口許には人をなごませる笑みがたたえられている。意志の強さを示しているようながっしりとした顎、人柄のあたたかさを伝える豊かな丸い頰。

いつ見ても完璧に思えてしまうのが文之介にはうらやましいが、それがうとましくもある。いつの日かこういうふうになりたいと思ってはいるが、決して自分がなれるような男ではない。

それにしても、俺は本当にこの顔に似ているのか。

文之介はしみじみと見てしまった。

「どうした」

「いえ、なんでもありません」

「町をめぐっている最中、おかしなところはなかったか」

丈右衛門が穏やかに問う。

「ええ、まあ」

父がにやりと笑った。

「嘘（うそ）つけ。十手取られただろうが」

文之介はぎくりとした。

「なぜご存じなんです。――もしや父上の差し金ですか」

「人ぎきの悪いことを申すな。子供たちがおまえをからかってやろうと相談しているのを耳にしただけだ。だいたいな、命より大事な十手を取られるなんざ、同心として失格だ」

お待たせしました。お佐予がおかわりを持ってきた。

ありがとう。受け取って丈右衛門がいかにもおいしそうに口に含む。

「ご注文は」

お佐予が文之介にきく。

「茶を二つ」

本当は甘酒が飲みたかったのだが、父と同じ物を頼むのはいやだった。真似をしていると思われたくない。

丈右衛門がちらりと見る。かすかに目を落とし、黙って甘酒を飲み続けた。

空になった器を置き、丈右衛門が腰をあげる。

「ま、ゆっくりしてゆけ」

「お帰りなんですか」

お佐予が残念そうにいう。

「また来るよ」

代を払うのかと思ったら、文之介の前に立った。手のひらを差しだす。

「金をくれ」

「えっ、ないですよ」

「ないわけがなかろう」

すっと腕が伸びた。気づくと、懐に大事にしまっていた財布が丈右衛門の手に握られていた。

「なにするんです」

「本当に持ってねえな」

なかをのぞいて顔をしかめる。

「この際、びただけでもいいか」

茶代以外洗いざらい取られて、文之介に財布が戻された。

「でもこれじゃあ、まだだいぶ足りねえな」

独り言を口にして、丈右衛門が甘酒の代金を払う。店を出際に、またもお佐予の尻をさわってから道を歩きはじめた。

勇七が尊敬の眼差(まなざ)しで見送っている。

「旦那も、はやくご隠居のようになってくださいね」

「俺があんなになっていいっていうのか。よしわかった」

ありがとうございました。丈右衛門を見送ったお佐予が注文を伝えに奥に向かおうとする。

文之介は腕を伸ばし、尻をなでた。きゃっと飛び跳ねたお佐予がさっと向き直る。その手が大きく振りかぶられた。

よけようと思えばよけられた。しかし文之介はそのまま受けた。

ばしっと強烈な音が響き、頬が赤くなったのがわかった。女の力とはいえ、さすがに痛くて涙が出そうになる。

かっこつけずによけたほうがよかったな、と文之介は後悔した。

「おいお佐予、なんてことするんだ」

店主の富吉があわてて飛びだしてくる。

「ごめんなさい、私、びっくりしちゃって」

お佐予が謝る。

「いや、いいんですよ」

まったくなにしてんだか。苦々しく文之介にいって、勇七が二人をなだめる。

「気にしないでください。こうされて当然です」

それを横目で見ながら、文之介はつぶやいた。

「なんで俺にはこれなんだ」

三

しかし本当に来やがったな。

小竹屋を出て西へ向かった丈右衛門は、それが癖になっている早足で歩いた。

小竹屋にいたのは、最近せがれが目当てにしている娘がいると耳にしたからで、店に行けば文之介に会えるだろうと踏んだからだ。

しかしあいつ、あんなので大丈夫なのかな。丈右衛門は少し心配だった。

南本所石原町に入り、最初の角を右に曲がって一軒の家の前で足をとめた。

「よし、行くか」

家はかなり立派なつくりだ。もともとは大身の商家だった家だ。それも当然だった。

路地を抜け、生垣に囲まれた庭のあるほうへまわる。

枝折戸の前に、人相の悪い男が二人、所在なげに立っている。

丈右衛門を見つけると、退屈しのぎがようやくできるとばかりに歩み寄ってきた。ぎろりと獰猛そうな視線をぶつけてくる。

「なにか御用ですかい」

一人が行く手を阻むように立ちはだかり、きいてきた。

「わしを知らんか」

一人が上から下までなめるように見、もう一人がすくうような目で見る。

「失礼ですが、どちらさんですかい」

丈右衛門は名乗った。

「みまきさんですかい」

二人は顔を見合わせた。一人が知らんとばかりに首を振る。

「親分に会わせてくれ」

「親分をご存じなんですかい」

「幼い頃からな」

「幼い頃。少々お待ちいただけやすか」

一人がややあわてた様子で枝折戸を入り、縁側の前に行った。なかに声をかける。

腰障子（こししょうじ）があき、頭がまばらに白い男が顔を突きだした。

「どうした」

見張りの男が振り返り、丈右衛門を指さす。指先を追ったごま塩頭の男は丈右衛門と目が合って、あっ、と小さく口をあけた。

丈右衛門が笑うと、転がるように下におりてきた。見張りの男を押しのけるようにして下駄をつっかけ、走ってくる。

「これはこれは御牧の旦那、ご無沙汰（ぶさた）しております」

ぺこぺこ頭を下げる。

「うん、玉造（たまぞう）も元気そうでなによりだ」

「いえ、どうももったいねえお言葉で」

見張りの二人を見る。

「失礼はなかったですか。二人とも旦那のことを知らねえもんで」

「新入りか」

「ええ、半年ほど前ですかね」

「そうか、二人も新入りを入れるなんて、賭場(とば)のほうもなかなか繁盛しているようじゃねえか」

「ちょっと旦那、あっしどもは賭場なんてやってませんて」

丈右衛門はゆったりと笑った。

「そういうことにしておくか。しかし半年か。そんなに来てなかったかな」

「ええ、本当にお久しぶりですよ」

「親分は元気にしてるか」

「ええ、おかげさまで」

「会わせてくれ」

「ええ、どうぞ、いらしてください」

玉造の案内で丈右衛門はなかにあがり、座敷にあぐらをかいた。

「今お茶をお持ちしますから」

玉造が襖(ふすま)を閉めたが、すぐに人の気配が立った。失礼しやすよ。

襖がひらき、男が入ってきた。商人のようにもみ手をして、真向かいに正座した。

「旦那、ようこそいらっしゃいました」

両手をそろえ、深々とこうべを垂れる。

「おう紺之助、久しいな」

「それにしても、旦那にはずいぶんときらわれちまったようで」

「きらっているわけじゃないさ。ただ、その暑苦しい顔はあまり見たくないからな、寒くなるのを待ってたんだ」

「相変わらずのお口ですねえ」

いいながらそっと頬をなで、手のひらを眺める。苦笑とともに、丸顔にのったまん丸の目が細められた。

「確かに、こんなにべっとりと脂がついていちゃあ、暑苦しいっていわれてもしょうがねえですがね」

頭を僧侶みたいにつるつるに丸めているのがどことなく愛嬌があるが、紺之助は二十人からの子分を飼うやくざの親分で、それなりに情に厚いことで知られている。少なくとも堅気には手をださない。

紺之助が煙草盆を引き寄せ、煙管に火をつけた。うまそうに煙を吐いたが、すぐに気づいた。

「あっ、旦那は煙草、おきらいでしたね」

「そんなことはない。かまわねえぞ」

「いえ、すいませんでした」

紺之助はあわてて火を消した。そっと顔をあげる。

「で、今日はどのようなご用件で」

「小遣いをくれ」

紺之助はうれしそうに歯を見せた。

「いくらで」

「二分だな」

「わかりました。今すぐ」

立ちあがろうとした紺之助の膝に、外から入ってきた猫がのってきた。

「ちっちゃい猫だな。いつから飼ってんだ」

「三月ほど前ですか。でもこの猫、ちょっと粗相がひどいんです。ちっとも便所を覚えようとしないんですよ」

「飼い主に似てるんじゃねえのか」

丈右衛門は笑いかけた。

「おい紺之助、十五の頃まで寝小便をしてたのを覚えているか」

えっと言葉を漏らし、紺之助は顔を近づけてきた。

「旦那、そんなでっけえ声で。それはいわない約束でしょう」

「いや、なんかなつかしくてな」

「まったく旦那にはかなわねえな」

猫を脇に置いて立ちあがった紺之助は襖をあけたが、ぎょっとした。そこにお盆を持った玉造がいたからだ。

紺之助は顔色を変えた。

「おい玉造、まさかきいてねえだろうな」

玉造はぶるると首を振った。その拍子にお盆の湯飲みが落ちそうになる。

「もちろんです、十五のときに親分がなにをしてたかなんて全然きいてないです。——いえ、あの、きいてねえかっていったいなんのことです」

いきなり紺之助の張り手が飛んだ。がっちりしているだけあって力はかなりあり、玉造はお盆とともに横倒しになった。こぼれた茶が畳を激しく濡らす。

紺之助は指を突きつけた。

「いいか、てめえ、忘れろよ」

「は、はい、わかりました」

「いつまでも覚えてやがったら、殺すぞ」

二分を得て丈右衛門は家を出た。あの野郎、相変わらず力だけは強いな。

紺之助と知り合ったのは、もう四十年以上も前のことだ。その頃は見習としても奉行所に出仕していなかったが、丈右衛門はその気になっていろいろと町をめぐるのが好きだった。そんなある日、数人の子供から金を脅し取ろうとしている若い男を見つけたのだ。

当然見すごすことなどできず、丈右衛門は声をかけた。邪魔するなとばかりに殴りかかってきた男を丈右衛門は逆にこてんぱんにのめした。

それが紺之助だった。そのときはかなり歳がいっているように見えたが、実際には丈右衛門より三つ下だった。

それ以降、紺之助は丈右衛門に頭があがらずにいる。もともとやくざの跡取りだったが、今も堅気に悪さをしようとしないのも、もしそんなことをしたらどんな目に遭わされるかわからないのを理解しているからだろう。

丈右衛門が紺之助の寝小便のことを知っているのは、悩んだ紺之助が思いあまって相談してきたからだ。丈右衛門は紺之助のためにいい医者を紹介した。

「次はどこがいいかな」

空を見てつぶやく。

「そういやあ、為吉のところへしばらく顔をだしてなかったな」

次に向かったのは金貸しのところだった。丈右衛門はここでも二分を得た。

次に訪れたのは米屋だった。ここでも二分の金を手にした。

これだけあればいいかな。独りごちて、丈右衛門は歩を進めた。

一両二分を懐に向かったのは、深川一色町だった。このあたりは町のぐるりを水路が縦横にめぐっているだけあって、水のにおいが濃く漂っている。かすかに潮の香りが混じっているのは大川が近いせいもあるだろう。

表通りから一本、裏に入る。道をまっすぐ進むと右手に一軒家が見えてきた。やはり混んでいた。さすがに腕のよさで知られる医者だけあって、盛況だ。中をのぞいてみると、まだかなりの患者が待っていて、この分だとあと一刻近くは待たされそうだった。

空腹に気づき、丈右衛門は、そういえば甘酒以外なにも口にしてなかったな、と思い当たった。

道を戻った。このあたりにいい店があったかな、と思いをめぐらす。思いだせず、結局目についた稲荷寿司の屋台の前に立った。掛け布団のような形をした稲荷寿司を、四つに切りわけてもらって食べた。さらに同じ物を竹皮で包んでもらい、手みやげにした。

それから近くの水茶屋に入り、茶を数杯喫してときを潰した。

さてもういいかな。竹皮包みを手に医者のところへ戻ると、ちょうど女の患者が出ていったところだった。

すでに患者は誰もおらず、奥でこの家のあるじである寿庵(じゅあん)がごそごそやっているのが見えた。

「先生、入っていいかい」

寿庵が驚いたように振り向いた。

「あれ、丈右衛門さんじゃねえか」

丈右衛門は家にあがりこんだ。

「なんだ、もうはじめようとしていたのか」

「だってこれが楽しみで生きているんだぜ」

寿庵は酒屋の名が入った大徳利を手にしている。右手には大ぶりの湯飲み。

「飲みてえ気持ちはわかるが、ちょっとつき合ってもらいてえんだ」

丈右衛門はみやげだといって、畳の上に稲荷寿司の包みを置いた。

「どこに」

「この前行ってもらったところだ」

「ああ、あそこか」

いいよ、と寿庵は気軽に立ち、薬箱を手にした。

二人は肩を並べて歩きはじめた。

「もし酒を理由に拒む気だったら、あのことはばらすつもりでいたんだ」

「なんだよ、あのことって」

「若い頃のことだよ」

「風呂屋ののぞきだよ。裸が見られるっていう理由で医者になったんだよな。好きこそものの上手なれ、か。よくいったものだ」

寿庵はあっけにとられた。

「どうしてそれを」

「もう二十年以上も前、酔っ払ってそういったんだよ」

「ええっ」

「なんだ、覚えはねえか」

「いや、それよりもずっとその間、腹にしまっておけたのがすごい」

「べらべらしゃべっちまうより、なにかあったときつかったほうがいいだろう」

丈右衛門はにこっと笑った。

四

「よし、もうすっかりいいみたいだな」

寿庵の声が障子戸を通じてきこえてきた。丈右衛門は小さくあけ、ささやきかけた。

「もう入っていいかい」

「ああ、いいよ」

丈右衛門はからりと戸をひらき、店のなかに足を踏み入れた。

深川島田町(しまだちょう)にある裏長屋だ。ここにも潮の香りが見えない霧のように入りこんでいる。

二間二間(にけんふたま)のせまい店には家財らしい物はなにもない。ただ、夜具がまんなかに敷かれているのみだ。

その上に横になっているのは若い女。横には赤子がいて、小さな寝息を立てている。丈右衛門にまだ孫はいないが、目に入れても痛くないという気持ちがわかるようなかわいさだ。

女は丈右衛門を見て、体を起きあがらせようとした。

「いや、そのままでいい」

丈右衛門はやさしく制し、寿庵の隣に座った。

寿庵が顔を引き締めた。

「もうすっかり大丈夫だ。今晩、薬を飲んでぐっすりと寝れば、明日にはふつうに飯も食べられるようになるだろう。そうなればしめたものだ。あとは動けるようになるまでたいしてときはかからんだろうさ」

「あの、お代は」

女が声をだす。

「心配せずともいい」

丈右衛門は請け合った。

「この寿庵先生は医は仁術を地でいく男だから、たぶんいらないというはずだ。——な、そうだよな」

「ああ、その通りだ。代はけっこうだよ」

「でもそれでは」

「いいんだよ、気にするな」

丈右衛門が少し強くいうと、女はわかりました、と首をうなずかせた。

「丈右衛門さん、帰っていいかな」

「ああ、せっかくのお楽しみを取りあげちまってすまなかった」

丈右衛門は寿庵を見送りに路地に出た。

「善行のあとだ。きっと酒もうまいぜ」

「わしもそう思うよ」

「先生、ありがとう」

丈右衛門がにっこりと笑いかけると、寿庵はいかにもうれしそうな顔になった。

「いや、そんな。当たり前のことをしたまでさ。丈右衛門さんに礼をいわれると、どうもこそばゆいな」

寿庵は悠々と歩き去っていった。

丈右衛門はその背に一礼してから店のなかに戻った。夜具の横にあぐらをかく。

「落ち着いたか」

「はい、ありがとうございます」

丈右衛門は女をじっと見た。

眉が薄いのは、人の女房で、眉を落としているからだろう。歯は黒く染めていないが、それは鉄漿（おはぐろ）を長くつけていないからにすぎないようだ。

「なあ、もうそろそろ名くらい教えてもいいのではないか」

女は眉にしわを寄せた。

「駄目か、いいたくないか」

「いえ、そんなことはありません」

女はきっぱりといいきった。

「知佳（ちか）と申します」

「おちかさんか。どういう字を当てる」

それをお知佳は説明した。

「なるほど、お知佳さんか。赤子は」

「お勢といいます」

「歳は」

「まだ一歳です」

それなら今年の生まれということになる。体の大きさからして、生まれてまだ半年かそこいらではないのか。

「いや、お知佳さんの歳だ」

二十二とのことだった。

お知佳とお勢をこの長屋に連れてきたのは、丈右衛門だ。赤子を抱いて大川に身投げしようとしている女を丈右衛門の知り合いがとめ、どうすべきか丈右衛門に相談してきたのである。

二人の身柄を引き受けた丈右衛門は、お知佳に事情をただしたがなにも語らないために、とりあえず懇意にしている家主のもとに赴き、家作であるこの長屋に連れてきたのだ。

どういう理由で身投げしようとしていたのか、まだ話しだそうとする様子はない。いずれ落ち着いたらきけるだろう、と丈右衛門は思っている。

「お勢ちゃんの名づけ親は」

「すみません」

「では、住みかがどこかは」

申しわけなさそうな顔をしたが、お知佳は答えない。

「そうか、ま、無理にはきくまい」

ここへ寿庵をともなってきたのはお知佳のほうが風邪をこじらせたらしく、高熱をだしていたからだ。乳もろくに出ないようで、乳の出のいい女房が何人かいるこの長屋を丈右衛門は選んだのだ。

いきなりお勢がぱちりと目をあいた。丈右衛門がはっとした瞬間、泣きだした。

「どうしたのかな」

「おなかが空いたんだと思います」

「ちょっと待っててくれ」

丈右衛門は長屋の外に出た。隣の店の障子戸を叩こうとしたが、その前にひらいた。

女房が笑う。

「お乳でしょ。あんなに激しく泣かれたら、紙みたいな壁ですからね、筒抜けですよ」

女房はさっさとお知佳のそばに行き、お勢を抱きあげた。

「すみません」

お知佳が頭を下げる。

「いいのよ、困ったときはお互いさまでしょ。それを忘れたら、この町では生きていかれないからね」

女房は向こうを向き、乳をあげはじめた。お勢はあっという間に静かになった。

「薬みたいだな」

あがり框（かまち）に腰かけた丈右衛門は思わずつぶやいた。

「そりゃそうですよ、旦那」

女房が首だけをまわす。

「赤子にとって最良の薬は乳ですからね。たっぷりと乳をもらって育った赤子は風邪もひきにくいらしいですよ」

「ほう、そうなのか」

「ええ、これはあたしの母親の受け売りですけどね」

それからしばらくして女房は赤子を夜具に寝かせた。

「お勢ちゃん、眠ってしまいましたよ」

「満足した寝顔をしているよな」

いいつつ、あれ、と丈右衛門は思った。

「おぬし、赤子の名を知っているのか」

「さっききこえちゃったんですよ。別にきき耳立ててたわけじゃありませんよ」

「では」

「ええ、こちらの名もきこえました」

女房は居ずまいを正した。

「これからよろしくね、お知佳さん」

これなら心配はなさそうだな。丈右衛門は長屋をあとにし、その足で家主を訪ねた。

「ああ、御牧の旦那、いらっしゃい」

「豊之助(とよのすけ)、こたびは世話になった」

「いえ、あのくらいでしたらなんでもないですよ。あっしも旦那には世話になっていますから、ご恩返しです」

「そういってもらえると助かる」

丈右衛門は懐を探った。一分金を六枚取りだし、豊之助に握らせようとした。

「これでしばらく置かせてくれ」

「いや、いりませんよ。ご恩返しだっていったばかりじゃないですか」

「まあ、そう申すな。ただで置いてもらうと、こちらも心苦しいところがあるからな。それにもし俺が病なんかで急に来られなくなったとしても、この金があれば当座はしのげるはずだ。取っておいてくれ」

「わかりました」

豊之助は押しいただくようにした。

「母親のほうは大丈夫ですか」

「ああ、すっかりな」

丈右衛門は母子(おやこ)の名を教えた。

豊之助はほっとした顔を見せた。

「やっと話してくれましたか。よかった、よかった。ふーん、お知佳さんにお勢ちゃんですか。二人ともいい名じゃないですか」

五

「よし勇七、今日はご苦労だった」

格式のある表門をくぐった文之介は告げた。どうもお疲れさまでした。一礼した勇七は右手の板塀に沿って歩きはじめた。その先には勇七たちの住む中間長屋がある。

文之介はまっすぐに続く敷石を渡って、玄関に入った。足を進め、与力番所に赴く。

「ただいま戻りました」

直属の上司である桑木又兵衛(くわきまたべえ)の前に正座し、こうべを垂れる。

「おう、帰ったか。うん。どうした。頬が赤いようだが」

文之介は手のひらで頬をさわった。

「いえ、外は寒いものですから」

「そうか。もうじき師走だものな。風は相当冷たかろう。しかし文之介、片頬だけ赤いっていうのも妙な話だな」

にやりと笑って又兵衛は、文机のかたわらに置いてある火鉢に手をかざした。なかの炭が、ぱちぱちと小気味よくはぜている。

「なにかあったか」

「いえ、別段これといったことは」

「そうか、それはなによりだった」

不意に又兵衛がむずかしそうな顔になり、腕組みをした。

「ときに文之介。おまえ、この冬、鍋を食ったか」

「いえ、まだ食しておりませんが」

「今宵、どうだ」

又兵衛は酒好きだ。医者には肝の臓の具合がよくないから、ととめられているのだが、本人はさして気にしていない。まだ四十八なのに肝の臓が悪くなるはずがない、と豪語している。

「はい、それがしとしましては是非ともご一緒したいのですが……」

「なんだ、歯切れが悪いな。どうした」

「いえ、あの、それがし、持ち合わせがあいにく……」

又兵衛が疑り深そうな目をする。

「本当か」

「嘘をついても仕方ありませんから」

文之介はいったが、又兵衛はまだ疑いを解いていない。

心のうちでため息をついてから文之介は財布を取りだし、口を下にして振ってみせた。

「この通りです」

それでも信じられないといわんばかりに又兵衛は手に取り、なかをのぞいた。

「本当に空っぽだな。どうしてだ」

財布を懐にしまって文之介はわけを話した。

「親父に取られただと」

又兵衛が眉をひそめる。

「あいつ、いったいなにをしやがるんだ。わしの楽しみを取りやがって」

与力の又兵衛は二百石取りの上、出入りの諸大名からの付け届けが半端ではないはず
なのに、配下に一度もおごったことがない。どころか、いつも配下たちの懐をあてにし

て飲んでいる。

ひたすら貯めこんでいるという噂を文之介はきいている。死んだとき閻魔に差しだして地獄での待遇をよくしてもらうつもりでは、ともいわれているが、あの世に持っていけるわけではない以上、この話にも信憑性はない。

「丈右衛門のやつ、おまえにたかるような真似をよくしているのか」

「いえ、そのようなことは。金を取られたのは今日がはじめてです」

「なんだ、あいつ、金が入り用なのかな」

又兵衛が首をひねる。

「金に困っているんだったら、どうしてわしにいってこん」

「えっ、桑木さまが父にお金をくださるのですか」

「おまえな、そんなに意外そうにするんじゃない。俺は夢があって金を貯めてはいるが、やつにはだしてもいいと思っている。だが、勘ちがいするなよ。あげるんじゃなくて貸すんだ」

「はあ、そうですか。でしたらその旨、父に申しあげておきます。ところで、夢と申されますと」

「秘密だ」

文之介は、長屋門のなかにある同心詰所に入った。すでに全員が町廻りから戻ってきており、文之介が最後だった。

文之介は文机に向かって、今日一日の日誌を記しはじめた。もっとも、たいして書くこともない。十手を子供に取られたなど、日誌に残せるわけもなかった。

適当に言葉を濁すようにして書き終え、文之介は詰所を出て帰途についた。

「おい、文之介」

表門を出てしばらくしたところで、うしろから声をかけられた。

振り返ると、同僚の鹿戸吾市が立っていた。薄ら笑いを浮かべている。

「今日のおまえ、阿呆だったな」

「なんのことです」

まさか十手を取られたところを見られていたのか、と文之介は焦りを覚えた。だとしたら、いやなやつに見られたものだ。

「女に頰を張られていただろう。笑ったぜ」

内心で安堵の息をついてから、文之介は見返した。

「その通りですが、どうして鹿戸さんが知っているんです」

「おまえ、相変わらず口のきき方を知らねえな。知っているんです、じゃなくて、ご存じなんです、だろう。忘れちまったんなら思いださせてやるが、おまえは俺より十も下なんだぜ」

「あのあたりはそれがしの縄張ですが」

「なんだ、無視かよ」

おもしろくなさそうに文之介の足元に唾(つば)を吐いた。

「いいじゃねえか。あそこの甘酒は俺も好きなんだよ」

「鹿戸さんが甘党だったとは、はじめて知りましたよ」

「人の好みってのは、年を経るごとに変わってゆくもんなんだよ」

しくじったな、と文之介は思った。昨日、詰所で親しい先輩同心にお佐予のことを話したのだ。それを耳にして、わざわざ足を延ばしたのだろう。

こんな男の視線にお佐予がさらされるだけでも腹立たしい。

「お話はそれだけですか。でしたら、これで失礼いたします」

ぺこりと頭を下げて文之介はきびすを返した。早足で、とうに暮れきった町を歩く。

八丁堀(はっちょうぼり)の組屋敷に帰った。

手と顔を洗って奥の間に行くと、お春(はる)が来ていて父の肩をもんでいた。ここでも火鉢が大いなる働きをしており、部屋はあたたかかった。

「お帰りなさい。寒かったでしょ」

明るくいうが、そのあいだも手から力をゆるめようとしない。父にべったりだ。袖から出ている腕の白さに目を奪われる。

「ご飯は」

お春がきく。

「まだだ。支度してくれてあるのか」

「もちろんよ」

隣の座敷を目で示す。

「お春はもう食べたのか」

「ええ、おじさんと一緒に」

いかにもうれしそうにいう。

「給仕をしてくれるのか」

「ううん。自分でして」

冷たいな、とつぶやいて文之介は襖をひらいた。お春の気づかいか、こちらにも火鉢が置かれており、文之介はほっとするものを覚えた。

膳の前に正座し、箸を手にする。味噌汁の椀の蓋を取った。ふんわりと湯気があがり、どうやらお春があたため直してくれたばかりのようだ。

おかずは芋の煮っ転がし。これはお春の得意とするものだ。あとは漬物と湯豆腐。

煮っ転がしはよく味が染みていたし、菜っ葉の漬物もうまく昆布がきいている。湯豆腐も美味で、お春の給仕がないことを除けば、文之介は満足して箸を置いた。一つ注文をつけるとすれば、味噌汁の味が今一つという点だが、それはまあまだ仕方のないことだろう。

茶を喫しつつ、お春を眺める。

お春は近くの三増屋という味噌と醬油を扱っている大店の娘で、十七歳。色白の広い額に大きな黒い目を持ち、いかにも聡明な娘という感じを見る者に与える。ややつり気味の太い眉が気の強さを感じさせるが、その印象は決してまちがってはいない。

父の丈右衛門によくなついており、女手のない屋敷に気軽に一人でやってきては掃除や食事の支度をしてくれる。それ以外はたいてい父の肩をもんだり、茶を供したりしている。

「お春、ありがとう。もういいよ」

丈右衛門が肩を揺すって礼をいう。

「だいぶ楽になった。うまいな、お春は」

お春がうれしそうに笑う。瞳がきらきらし、頰と耳が桃色に染まっている。まわりに明るさという光の粒を振りまくようなそのあまりのかわいさに文之介は胸を衝かれる思いだったが、お春の気持ちが自分にない以上、その思いはむなしいものでしかない。

「じゃあおじさん、これで」

「ああ、ありがとう。気をつけて帰りなさい。文之介、頼んだぞ」

文之介はうなずき、立ちあがった。

二人で屋敷の外に出た。文之介は提灯を手に、歩きはじめた。少し離れてお春がついてくる。

遠慮せずにもう少し寄れよ、といいたいが、武家と町娘が肩を並べるわけにもいかない。

寒風が吹きすぎ、お春がわずかに身を寄せてきた。娘らしい匂いが鼻先をくすぐる。寒いのは大きらいだが、このときばかりは文之介は吹きすぎる風に感謝した。

「寒いわね」

「冬だからな」

「なによ、愛想のない人」

肩をぶつけてきた。お春の匂いがさらに強まる。それに惹かれるように文之介は口にした。

「なあ、前からきいてるけどさ、どうして父上にあんなになついているんだ」

「なついているんじゃないの。おじさまのことが好きなの。大好きなの」

いいきられ、文之介は下を向いた。

「じゃあ、なぜ父上のことが好きなんだ」

「どうしてかしら。でも人を好きになるなんて、言葉なんていらないんじゃないかしら」

「なんだ、はっきりしないんだな。いつから好きになったんだ」

「ずっと昔からよ。子供の頃」

「きっかけは」

「さあ。物心ついて気がついたときにはもう好きになっていたわ」

お春がしみじみと続ける。

「一緒にいると、なぜかやさしい腕に抱かれているような気持ちになるの」

「父上とはいつ知り合ったんだ」

「それも覚えてないわ。考えてみれば不思議よね。どうして知り合ったのかしら」

「考えられるのは、お春の親父さんだよな。今度、きいてみたらどうだ」

「前ね、きいたことがあるの。でも言葉を濁されてごまかされた感じだったわ」

「ふーん、そうか。あの親父さんにはそういう物言い、似合わないよな」

文之介自身、どうして屋敷にお春が入り浸るようになったのか覚えていない。自分が四つか五つの頃、赤子のお春を見たような気がしないでもないが、それも定かではない。

やがて桶町に入った。右手にどんよりとした黒い帯を見せているのはお堀の水だ。

三増屋は大通りに面して建っている。傾斜のきつい瓦屋根と、母屋と蔵などの隙間に立てられた槍を逆立てたような柵が物々しい。

軒下に立ち、かたく閉められた戸を叩く。すぐに応答があり、小窓から若い手代が顔をのぞかせた。お春を認め、小さく頭を下げる。

「お帰りなさいませ」

くぐり戸があき、じゃあまたね、とお春が店のなかに姿を消した。

一緒にいられた心弾むときは無情に終わり、文之介はもの悲しい気分に襲われた。

道を戻りはじめる。せっかく二人きりになれたのに、また好きだといえなかった。もう何年もこの繰り返しだ。

くそっ、まったくなんて度胸のなさだ。

文之介は自らに毒づき、足元の石を蹴りあげた。それがどこにぶつかったのか、闇の向こうからはね返ってきて額を直撃した。

「いてえっ」

痛みがおさまるまで、文之介は額を押さえてじっとうずくまっていた。

まったくついてねえや、と思った。俺の人生、いったいどうなってんだ。

六

お美由は右手に提灯を持ち、急ぎ足で歩いていた。少し息が弾んでいる。

いつもより帰りがだいぶおくれている。おとっつあんは腹を空かしているだろう。いや、こんなことはあまりないから、きっと心配しているだろう。

なにしろお美由のことに限っては、常に気がかりでならないのだ。

幼い頃からそうだった。少し咳をしただけで労咳じゃないのかと横抱きにして医者へ駆けこんだり、膝小僧をすりむいただけで晒しでぐるぐる巻きにされたのも一度や二度ではない。潮干狩りに行ったときだって、波にさらわれるといけないからと干潟に入れてもらえなかった。

二年前、今の店で働くのをお美由が決めたときでも、昼間だけ働ける店のほうがいいんじゃないか、とずっと反対していた。

お美由がそれを押しきったのは、あるじの腕が立って店が繁盛していること、おかみさんの人柄がとてもいいこと、そしてこれが最も大きかったのだが、もう一人の奉公人がお美由の幼なじみであり、ここで働くことを強く勧めてくれたからだ。

幼なじみはお孝といい、ちっちゃい頃からの大の仲よしだ。お孝がいてくれるおかげで、店ではどんなに忙しくても楽しく働ける。

お客もいい人ばかりで、いやなことなどほとんどない。たまにお尻をさわられるくらいだが、それだっておじいちゃんの数少ない楽しみの一つと思えば、別に気に病むほどのことでもない。

あるじも、お美由ちゃんが来てくれてからまちがいなく客足が伸びたよ、といってくれている。そのおかげか、来年はじめから給金があがるのも決まった。

これでおとっつあんにもなにか買ってやれるだろう。

唯一(ゆいいつ)残念なのはお孝の一家が去年、やや離れた町に越してゆき、一緒に帰れなくなったことだ。でも、一人で帰るのにもだいぶ慣れてきた。

風が一際強く吹きすぎ、裾(すそ)がめくれあがった。寒い。足元からじんと冷えている。

ただし左腕には、じんわりとしたあたたかみが伝わってきている。

これ持ってきな。おそくなっちまったからな、土産だよ。

あるじが持たせてくれた小鍋(こなべ)だ。手ぬぐいでぐるぐる巻きにされており、胸に抱くようにしているが、熱くはない。

中身はほかほかのおでん。主人がつくるおでんは絶品だ。こう冷えこんでくるようになると、店にはおでん目当ての客が多くなる。

今日もそうだった。次から次へとおでんを食べたさに一時(いっとき)は行列ができるほどの盛況ぶりで、そのために帰りがおくれてしまったのだ。

はやくおとっつあんに食べさせてやりたい。

刻限は五つくらいだろう。人影はまばらになってきたとはいえ、まだ道を行きかう人は途切れることなく見えている。

辻に来て、お美由は立ちどまった。まっすぐ行けば通りが広く、人通りもこれ以上減ることはない。右の路地へ入れば、人の往来はほとんどないが、長屋には近くなる。瞬時にお美由は決断し、右に足を踏みだした。

おとっつあんには、はやく嫁に行って孫を抱かせてほしいといわれている。気持ちはわかる。十年前におっかさんが死に、身内は自分一人なのだ。そのたった一人の娘が産んだ孫。かわいくてならないはずだ。

それはわかるが、お美由には当分行く気はない。家に縛りつけられるのがまずいやだし、まだ十八なのだ。十八で嫁ぐ人などいくらでもいるが、江戸には女が少ない。焦る必要などまったくない。

道は暗く、提灯の明かりではとてもではないが、遠くまで見通せない。空には雲はないようだが、晦日(みそか)が近いせいもあって月は見えない。出ているとしても、糸のように細い月だろう。

人けのまったくない路地は、両側を無表情な商家の裏塀が続いているだけだ。正直、心細くなってきた。歩いているのは自分だけで、風以外は足音しかきこえない。

はっとお美由は体をすくませた。今なにかうしろできこえなかったか。

振り返りたい。でもできない。振り返った途端、なにか化け物でも目に入ったら。それが襲いかかろうとしていたら。

恐怖で足が震えだしている。

いや、さっきの音はなんでもないのだ。風が梢を騒がせたにすぎない。

お美由のその思いを打ち破るように、また音がきこえた。ひたひたという音。まちがいない。背後になにかが迫っている。

もう我慢ができなかった。誰っ、という声を発し、提灯をぐるりとまわした。

しかし、その前に腕を取られ、身動きができなくなった。放してっ。口のなかで叫び声をあげたが、その瞬間、虫に刺されたような痛みを首筋に感じた。

はっとして左手を持ってゆこうとしたが、腕には小鍋があった。いや、その前にすでに力が入らなかった。

知らずお美由は両膝をついていた。小鍋が落ち、おでんが手ぬぐいを破るようにして地面にぶちまけられた。湯気があがったが、それも風にさらわれるようにして消えていった。

せっかくのおでんを台なしにしてしまったことに、お美由はすまなさを覚えた。おとっつあんに食べさせてやれなかった。

そばで提灯が炎をあげているが、すぐに炎はしぼみ、圧倒的な闇にお美由は包みこまれた。

それが提灯が燃え尽きたせいでないことを、お美由は理解していた。でも、どうしてこんなことに。

涙を浮かべつつお美由はばたりと前のめりに倒れた。おでんのなかに顔を突っこませたが、もはや熱さは感じなかった。

ちっ、と舌打ちする。顔が汚れちまった。

死骸（しがい）を引きずり、地面がきれいなところに移動させた。

懐から手ぬぐいをだし、ていねいに顔をふいてやる。すぐに汚れがなくなった。

ふむ、これでいい。

それから、あたりを見まわし、あたりに人影がないのを確かめる。

再びかがみこみ、作業をした。

不意に喉（のど）が苦しくなり、咳（せ）きこんだ。咳はしばらく続いたが、やりすごすすべは身につけている。しばらく背を丸めるようにしていると、静かにおさまっていった。

作業を再開する。

ふむ、これでいい。

同じ言葉を繰り返して立ちあがった。

「まずは一人」

七

又兵衛が顔をゆがめている。うしろで勇七が、許せねえ、とつぶやいた。文之介にもその気持ちはわかりすぎるほどわかる。まだ二十歳前と思える娘の死骸が横たわっているのだから。

昨日よりも冷えこんだせいもあって、死骸の顔には薄く霜がのっている。それが哀れさをさらに強いものにしていた。

場所は深川元町の一角で、一軒家や商家がそれぞれ背を向け合っているせまい路地だ。建物にさえぎられて、朝日もろくに射しこまない。

今、検死役の医師である紹徳の検死の真っ最中だ。紹徳は死骸をひっくり返すようにして、丹念に調べている。

やがてため息をついて立ちあがった。

又兵衛のあとに続いて文之介は医師に近づいた。

「どうです」

又兵衛がきく。

「まちがいなく殺しです。殺されたのは六つから九つくらいまでのあいだでしょうね。

ここにできた錐にやられたような刺し傷がこの娘の命を奪ったようです」

紹徳は自身の盆の窪近くを手のひらで叩いた。

「おそらく痛みを感ずる間もなく、あの世に逝ったでしょう。それだけが唯一の慰めですかね」

紹徳が苦い顔でいい、死骸を見おろした。

「しかし桑木さま、下手人はどうしてあんな真似をしたんですかね」

紹徳の指摘を待つまでもなく、文之介も不思議に思っていた。

死骸は眠っているかのように仰向けになっている。なんといっても目を惹くのが、数珠を両手で握り締めていることだ。

葬儀で夜具の上に横になっている遺骸のようだ。

下手人はどうしてこんな真似をしたのか。まさか成仏を願ってのことだろうか。

数珠には赤い房がつき、珠は黒檀のようだ。文之介の視線に気がついた又兵衛がひざまずき、数珠の霜を払った。

「新しいな。つかいこまれちゃいねえ。下手人が用意したみてえだな」

数珠はつかい続けると、珠につやや光沢が出てくる。

「ありふれたものだ。これから下手人をたどるのはむずかしいかな」

又兵衛が立ちあがった。

死骸を見つけたのは、朝はやくから散策に出ていた年寄りだった。なにも見ておらず、すでに自身番に届け出てくれた礼をいって解き放っている。

又兵衛が深川元町の町役人を呼んだ。

「仏の顔に見覚えは」

申しわけございません、と初老の町役人は首を振った。

「この町の者ではねえか」

又兵衛が振り向いた。

「よし文之介、おめえも今回は探索に加わってみろ」

「本当ですか」

文之介は勢いこんだ。なにしろ殺しの探索に当たるのはこれがはじめてなのだ。振り返って勇七を見る。勇七はやりましたね、というように深くうなずいた。

「桑木さま、こんなひよっこにもやらせるんですか」

横合いから不満の声があがった。声の主は見ずともわかる。

「こんなのにまかせたら、つかまる者もつかまんなくなっちまいますよ」

やくざ者のように肩を揺らした又兵衛が一歩、二歩と踏みだし、鹿戸吾市に近づいた。

「なんだ、おめえ、俺の指図に文句があるってえのか」

吾市は顔をひきつらせた。

「いえ、そんな、滅相もない」

「だったら黙ってな」

口を閉ざした吾市に鋭い一瞥を送ってから、又兵衛は文之介に向き直った。

「まずは仏の身元調べからだな。きれいな娘だから、色恋沙汰の筋が濃いかもしれん」

「わかりました。――桑木さま、そこに転がっているのは小鍋ですね」

「ああ、娘が持っていたものだろう。中身はおでんのようだ。こんにゃくや卵、厚揚げなんかが散らばっている」

それらにも霜はおりていて、いかにも寒々とした雰囲気を醸しだしている。

「買ってきたんですかね」

「そうだろうな。娘はこの近所の者なんだろう」

「このあたりでおでんを売っているところ、ありましたか」

「さあて、どうかな」

「ここは夜になると、ほとんど人通りがないでしょうね」

「だろうな。俺は来たのははじめてだが、夜がどんなに寂しいか想像はつく」

「それなのに、なぜこの娘はこの道を選んだんでしょう」

又兵衛が文之介をじっと見る。

「近道か」

「そうだと思います」

又兵衛が娘の頭が向いている方向を見た。

「娘は北へ行こうとしていたのかな。この先にはなにがあるんだ」

「五間堀沿いの路地に出ます。その先には伊予橋が架かっています」

「町としてはどこに」

「いずれも深川で、三間町、北森下町といったところでしょうか」

「娘の住みかはそのあたりか。よし文之介、さっそく行ってこい」

勇七をしたがえて動きだそうとする文之介に吾市が近づき、ささやきかけてきた。

「うまくやりやがったな。せいぜいしくじらねえようにするこった」

「ご忠告、無駄にしないようにしますよ」

いい捨てて文之介は歩きだした。

死者の身元はすぐに知れた。

深川三間町では昨夜戻らなかった娘という届けは出ていなかったが、隣の北森下町にそういう者がいたのだ。

文之介たちは、娘の死を告げなければならないかもしれないとの思いで押しつぶされそうな表情の町役人とともに、届けをだしてきた者の長屋に向かった。

長桂寺という曹洞宗の寺近くの裏店だった。

「多田吉さん、いるかい」

町役人が障子戸を叩く。

あわてたような物音がし、戸がからりとあけ放たれた。そこに立っているのは、血走った目をした男だった。

一睡もしていないのが一目でわかる、憔悴しきった顔をしていた。

多田吉と呼ばれた男は、文之介の黒羽織に気づき、大きく目を見ひらいた。なにかいいかけたが思いとどまり、町役人をにらみつけるようにした。

「あの、多田吉さん……」

町役人はその目に押されたようにそれきり言葉を途切れさせてしまった。

多田吉は歯を食いしばってじっと待っている。左官をしているとのことだが、腕のよさはどことなく伝わってくる。

「俺からいおう」

文之介は進み出た。このようなことはこれから何度もあるはずだ。はやいうちに経験してしまったほうがいい。勇七を見たが、勇七は黙って見守る風情だ。

文之介は軽く咳払いし、心を落ち着けた。平板な口調でいう。

「この先の元町で、若い娘の死骸が見つかった。もしやおぬしの娘さんかもしれん。確かめてくれぬか」

しかし、こみあげるものを抑えきれず、語尾が震えた。

黙ってきき終えた直後、多田吉は戸に体をもたれかけさせた。嗚咽（おえつ）しはじめ、やがて骨が溶けてしまったかのようにずるずると崩れ落ちた。土下座をした格好で敷居に顔を押しつける。

号泣がきこえてきた。

文之介は涙をこらえようとしたが、無理だった。涙は瞳を濡らし、頬を伝いおりてきた。うしろで勇七が洟（はな）をすりあげている。

まだ決まったわけではないのだから。必死に心を励まして文之介はそういおうとしたが、もはやなんの慰めにもならないのに気づいていた。

八

死骸は深川元町の自身番の土間に横たえられていた。

又兵衛がむしろをはぐ。

「どうかな」

多田吉は両膝をつき、まちがいありません、といった。

「どうしてこんなことに」

死骸にすがって泣きだした。

やがて潮が引くように泣きやんだ。

「さて、少しは落ち着いたか」

又兵衛がやさしく声をかける。

多田吉がまぶたを腫らした顔をあげた。

「文之介」

又兵衛にいわれ、文之介は片膝をついて多田吉と同じ顔の高さになった。

「話をきかせてほしい」

「へい、なんでもおききになってください。そして、娘をこんなにした者を獄門台に送ってください。よろしくお願いします」

多田吉は新たな涙で頬を濡らしはじめた。

「わかった。必ず娘の無念を晴らそう」

力強く請け合って文之介は唾をのみこんだ。さすがにはじめてのことで緊張を隠せない。

「娘さんに最近、おかしなところはなかったか。誰かにつきまとわれているとか、妙な目を感じるとか」

「いえ、そのようなことは一言も。ずっと明るい娘のままでした」

「娘さんに男はいたのか」

「いえ、いなかったと思います。子供の頃から好きな男の子ができたらあっしにいつもいってましたから。いわずにはいられないたちだったんですよ」

多田吉はまた泣きそうになったが、なんとか耐えた。

「すみません。あと、あっしははやく嫁にいってたんですが、娘にはその気はなかったようです。もしそんな男がいたら、少しはそんな話が出てきてもおかしくはなかったと思うんですが」

「娘さんは器量よしだよな。つきまとわれたようなことは」

「いえ、それも。もしかするとあったのかもしれないのですが、あっしに話したことはありません。あっしに心配をかけたくないといつも思っている娘でしたから」

「親しい友達は」

「それはもうお孝ちゃんですよ」

「そのおたかだが、住まいは」

「前は同じ長屋だったんですが、一家で越していきましてね。詳しい場所は知らないんですよ。でも、お孝ちゃんは娘と同じ一膳飯屋で働いていますから、そちらに行かれれば話はきけると思いますよ」

店は串木屋といい、深川石島町にあるとのことだ。

「その串木屋だが、おでんはやっているのか」

「ええ、冬のあいだは一番の売り物とのことです」

そうか、と文之介はうなずいた。

「帰りはいつもおそかったのか」

「いいえ、ふだんは六つすぎにはたいてい戻っていました」

「よくみやげをもらってきていたのか」

「おそくなったときだけ、夕餉の支度がたいへんだろうということで、ときおりもらってきてました」

つまり、昨夜も帰りはおそかったということだろう。

「娘さんだが、串木屋からの行き帰り、どの道筋だったかを」

多田吉は、やや遠まわりですが人通りの多い道をいつもつかっていたようです、と答えた。

ほかに問うべき事柄を見つけられず、文之介は又兵衛を見た。又兵衛はよくやった、とばかりにうなずいてくれた。

又兵衛に許しをもらって、文之介と勇七は深川石島町に向かった。

串木屋はすぐにわかった。そばを大横川が流れていて、行きかう船の姿が多く目につく。

櫓のきしむ音、船の舳先が波を叩く音、歌を口ずさんでいるらしい船頭の声。

店はまだあいていなかった。二階にどうやら家人は住んでいる様子で、勇七がしつこいくらい表戸を叩き続けた。

ようやく応えがあり、戸がひらいた。

「なんですかい」

顔をのぞかせた男は迷惑そうな顔をしたが、文之介に気づいて一瞬にして消した。

「あの、なんでしょう」

「ここのあるじか」

「そうです。佐井造と申します」

「お美由という娘が働いていたな」

「ええ、働いてたといいますより今も働いてますが」

文之介は淡々と告げた。

「ええっ、ほんとですかい」

男はふらつきかけ、戸をつかんでかろうじてとどまった。

「まちがいないんですか。人ちがいじゃあないですか」

必死の顔でいい募る。

文之介はまた涙が出そうになったが、なんとかやりすごすことができた。

「いや、まちがいない。父親に確かめてもらった」

「そうですか、多田吉さんに。……あの、お美由ちゃん、いつ殺されたんです」

「昨夜だ。死骸は今朝見つかった」

「昨夜ですか……」

顔をうつむけ、小さな声でいう。

「こりゃ、あっしが殺したようなもんだな」

「なに」

勇七も前に出かけたのか、じりと土を踏む音がした。

「いえ、ちがいます」

佐井造はあわてて手を振った。

「あっしはもちろん手をくだしてなんかいませんよ。昨夜、お美由ちゃん、ふだんより帰りがおそくなっちまったんです。寒くなっておでんが飛ぶように出るようになって店が忙しくて……」

「みやげに持たせたのはおぬしか」

「ええ、そうです。一所懸命に働いてくれたんで、せめてものお礼と思いまして」

佐井造が悔しそうに顔をゆがめた。

「下手人はつかまりそうですか」

「まだこれからだが、必ずとらえる」

くそ、と佐井造は戸を叩いた。

「あんないい娘を殺すなんて、許せませんよ。お願いします。きっと下手人を獄門台に送ってください」

「わかった。——お美由だが、昨日ここを出るときおかしな様子はなかったか」

「いえ、そういうのはなにも」

文之介は、佐井造のうしろに目を向けた。女が上からおりてきている。

「女房か」

佐井造が振り返り、とんでもないことになっちまった、と告げた。女房は悲しげにうなずいた。

「きいてましたよ」

そういって女房が進み出てきた。

「お美由ちゃんですが、ええ、この人のいう通り、昨日もふだん通りでした。この人からもらったおでんの小鍋をうれしそうに抱えて急ぎ足で帰っていったのに……」

女房は袖で顔を覆った。

「多田吉さんにすまねえことをしちまった」

佐井造がぽつりという。

「謝っても謝りきれねえ」

「いいか、お美由が死んだのはおぬしらのせいではないぞ。殺したやつが悪いんだ。気に病むなといっても無理だろうが……まあ、気に病むな」

文之介は咳払いをした。

「お美由目当てに店に来ていた者はいたか」

「ええ、それはもう」

佐井造が首を上下させた。

「あの器量ですから、たくさんいましたよ。でも、うちのお客で人殺しをするような人はいないと思うんですが」

「そうかもしれんが、弾み（はず）で、ということは十分に考えられる。お美由につきまとったり、いい寄っていた者はいなかったか」

「そういう人は知りませんねえ。お美由ちゃんもいってなかったですし」

「おぬしはどうだ」

「いえ、あたしにも心当たりはありません」

そうか、と文之介はいった。

「お孝という娘はまだだな」

「ええ、四つすぎには来ますが」

今はまだ五つ半をまわったくらいだろう。

「どこに住んでいる」

佐井造に教えられた通りの道をたどって、文之介たちは深川上大島町までやってきた。

このあたりまで来ると、かなり田舎までやってきたという感が強くなる。

すぐ北側は大島村だし、その先にも洲崎村、猿江村、中ノ郷、出村などが連なっている。どこからか土の香りとそれにまじる肥のにおいがしてきている。

お孝の住む長屋は町役人にきいたらすぐにわかった。

日当たりがいいのと建てられたのがまだ新しいせいか、裏店とは思えないほどの明るさに路地は満ちていた。どこからか手習をしているらしい子供たちの声がきこえてくる。

南側を小名木川、西側を横十間川が流れているせいか、冬といえどもそれほど大気が乾いている感じはなかった。

井戸端で洗濯をしている四人の女房が文之介たちを見て立ちあがり、なにごとかと寄ってこようとした。

それを手でさえぎって文之介は、右側の三番目の店の前に立った。

「お孝さんはいるかい」

勇七が障子戸を叩く。

「御用だ。あけてくんな」

土間におり立つ音がして、戸がひらかれた。

顔を見せたのは若い娘だった。歳の頃もちょうどお美由と同じくらいだ。器量としてはお美由ほどではないが、それでもいわゆる瓜実顔にのったくりっとした目が生き生きと動いて、親しみを覚えさせた。

「お孝さんかい」

勇七がきく。

「ええ、そうですけど。なにか」

手で文之介を示す。

「こちらの旦那がおききしたいことがあるそうだ。正直に答えてくんな」

横へどいた勇七に代わって文之介はお孝の前に立った。

さすがになにごとかという目をしたが、お孝は背筋を伸ばしてしっかりときく姿勢を取った。

横で洗濯の手をとめて、女房たちが見入っている。

お孝がちらりと気にした。

「よかったらお入りになります」

「ああ、そうしよう」

お孝が畳の上に正座し、文之介はせまい式台に腰かけた。勇七は戸を閉め、土間に立った。

「そんなところでなくおあがりください」

いやここでいい、と文之介はいった。

「一人暮らしか」

「いえ、おとっつあん、おっかさんと三人です。二人とも青物を売っているんで、もうだいぶ前に出かけました」

「おぬしたちがここに越してきたのは、青物が仕入れやすいためか」

「ええ、そうです。それにここが新しく建つときいたもので。でも、どうして私たちが越してきたのを」

「お美由の父親からきいた」

お美由ではないのを文之介は強調した。

こんな田舎までどうして町方同心がやってきたのか、その意は伝わったようで、お孝はそれがお美由のことであるのに思い当たった顔をした。

文之介は一度下を向き、息を吸った。

「驚かずにきいてほしいんだが」

お孝はおびえたように目を見ひらいた。

文之介は、お美由が今朝死骸で発見されたこと、そして首を鋭利な物で刺されていたことを静かに告げた。

「嘘でしょ」

お孝の口から悲痛な叫びが漏れ、目から涙がぼろぼろ出てきた。どうしてそんなことに。

文之介はまたも涙がこみあげてきたが、これもなんとかこらえることができた。

ひとしきり泣いてからお孝は落ち着きを取り戻した。

文之介は、お美由に好き合っていた男がいないか、そして意に沿わない男にまとわりつかれているようなことはなかったか、たずねた。

お孝はお美由の好き合っていた男のことは知っていたが、一人は二年前に病死し、もう一人は商家の奉公人で、今は大坂にいる、とのことだった。

「その奉公人だが、今江戸に戻ってきているってことはないか」

「最低でも五年は向こうでってことでした。まだ一年ちょっとしかたっていませんし。もし帰っていたとしたら、お美由ちゃんも私に話してくれていたでしょう。もっとも、お美由ちゃん、その人とはもう切れたみたいなことといってました。当たり前ですよね。大坂だなんて、もしかすると一生行かない町にいる人のこと、いつまでも想い続けてなんかいられませんから」

それでも、裏を取らなければならない。文之介はその商家の名をきいた。

「ほかに男はいないのか」

「ええ、いないと思います」

そう答えてから、なにか思いだしたように眉間にしわを寄せた。

「そういえば前にお美由ちゃん、男の人にいい寄られているっていってました。あんまりしつこいから、ほんの一度だけ食事につき合ったみたいですけど」

「その男が誰かわかるか」

「確か小間物の行商をしている人って」

「名は」

すみません。お孝は首を振った。

「いい寄られたのはいつだ」

「お美由ちゃんから話をきいたのは、二月ほど前だったと思います」

九

「小間物の行商か」

お孝とわかれた文之介は道を歩きつつつぶやいた。

「串木屋のあるじ夫婦が小間物屋について触れなかったということは、あの店には来てねえっていうことだろうな」

「そういうことなんでしょうねえ」

勇七が同意する。

「となると、お美由と知り合ったのは長屋のほうに来たときか」

途中、一軒の商家に行き、お美由と好き合っていた男が今も大坂にいることを確かめた。一年前に行ったきりで、この正月にも里帰りする予定はないとのことだ。

文之介は再び深川北森下町に戻った。自身番にまず訪いを入れ、このあたりをまわっている小間物屋が誰かきいた。

「この近辺ですと、よく顔を見せるのは広造さんですかね」

もう歯抜けの町役人が答えた。

「最近来たか」

「ええと、どうでしたかな」

年寄りはほかの者にもきいた。

ここしばらく顔を見せていないということだった。少なくとも五日ほどは姿を見ていない。

「広造だが、お美由にまとわりついていなかったか」

自身番につめている五名の町役人は、えっという顔になり、互いに目を見合わせた。

「では広造さんが」

一人が代表するようにきく。

「先走りしなさんな。まだ決まったわけじゃねえよ。ただ話をききたいだけだ」

五名をいさめるようにいって文之介は、広造の住まいを問うた。

「いえ、存じませんねえ」

これが五名の答えだった。

「ところで、お美由の葬儀はいつやるんだ」

「今晩からはじめるつもりでおります」

歯抜けの町役人がいった。

「どこでやる。お美由の長屋か」

「いえ、長屋ではなにかと手狭ですから、そちらにある空き家で」

町役人が右手のほうを示した。

「手前の家作なんですが、ここ何年か町内で死人が出たときつかうようにしているんです。今も女衆が支度に取りかかっているはずですよ」

「お美由の長屋の者も来ているか」

「ええ、みんなそろってますよ」

文之介はその家に足を運んだ。

遺骸はまだ長屋にあるとのことだ。女房たちは奥の台所で、煮物などをこしらえていた。

「忙しいところをすまんが」

文之介は遺骸が安置されるはずの座敷に女房たちを呼びだし、自身番でしたのと同じ問いをぶつけた。

「広造さんですか、きりっとしたいい男ですよ。でも、お美由ちゃんとそんな仲だったなんて知らなかったですねえ」

「そうそう、まとわりついているようなこともなかったし」

「広造さん、顔にこだわらなければ女なんていくらでももって感じよね」

「でも、あんたじゃいくらなんでも相手にされないわよ」

「あんただって無理よ」

「住みかがどこか知らんか」

文之介は割りこんだ。

女房衆はいっせいに考えこんだ。しばらくのあいだ沈黙が座敷を支配したが、一人の若い女房が顔をあげた。

「前に長屋に来たとき、どこに住んでいるか、口にしていたような気がします。あれは確か、長屋の子供たちにきかれて答えていたんですけど」

「どこだと」

「ええと、深川は深川ですね。――あれは鶴だったかしら、ううん、ちがうわ」

女房は一人でいい、首を振った。

「鶴じゃなくて、亀ね。――亀ってきいたような気がするんですけど」

文之介は、うしろで正座している勇七を振り返った。

「亀がつく町というとどこだ」

「深川でしたら、亀久町しかないと思うんですが。亀久橋なんてのもありますよね」

「ああ、あるな」

仙台堀に架かる橋の一つだ。北森下町からなら南に半里ほどだが、まっすぐ行ける道がないために実際の距離としては三十町ほどだろう。

深川亀久町に赴き、自身番に寄った。町役人にきくと、確かに広造という小間物売りがこの町には住んでいるとのことだった。

ただ、今は商売に出ており、帰りは夕方になるだろうとのことだ。

「広造さんがなにかしでかしたんですか」

町役人の一人が気がかりを浮かべていう。

「しでかしてもおかしくないのか」

「いえ、そういうわけじゃないんです。お役人がわざわざ見えるってことは、なにかあったということですから」

「いや、とりあえずある事件に関して話をききたいだけだ」

暮れ六つ前には広造は必ず帰ってきているとの話を胸におさめて、文之介は自身番を出た。

「勇七、今何刻かな」

「そうですねえ、もう昼はまわってますよ」

「なに、そんな刻限か。道理で腹が空いてるわけだ」

町に居座る冷気に負けて弱々しい光を放ち続けている太陽は、とうに中天をすぎている。空に雲はほとんどないが、このままさらに勢いをなくしかねない力のなさが太陽にはあり、夏のあの、人のことなどお構いなしの横暴さが嘘のように感じられた。

「勇七、飯にするか。このあたりでいい店、知らねえか」

「なにを食べたいですか」

「そうさな、魚が食いてえな」

「刺身ですか、焼き魚ですか」

「鯖の味噌煮がいいな」

「ええ、ありますよ。このあたりってわけにはいかないんですが」

「遠いのか」

「いえ、高橋のそばですよ」

「戻るのか。かまわんぜ」

「では行きましょう」

勇七が案内したのは、深川常盤町一丁目にある一膳飯屋だった。名は利平といい、小名木川に架けられた高橋のすぐ近くだ。

「おう、なかなかよさそうじゃねえか」

昼はだいぶすぎているはずだが、それでもまだ外に出ている縁台のいくつかは埋まっているし、なかの座敷にも多くの客が座りこんでいる。

さっそく入り、文之介たちは座敷の奥のほうに落ち着いた。

二人とも、鯖の味噌煮と大盛りの飯、味噌汁、漬物を頼んだ。

「しかし今日の旦那は立派ですねえ」

お茶をすすりながら勇七がいう。

「なんのことだ」

「おつとめぶりですよ」

へへへ、と文之介は照れ笑いをした。

「そうか、そんなに一所懸命に見えるか」

「ええ、もう見直す思いですよ。やっぱり血は争えないもんですねえ」

「親父は関係ねえよ」

「いえ、やっぱり大きいと思いますよ」

「やっぱり代々続いた定町廻り同心の血というやつだな。はじめて殺しの探索に当たってみて、なんか生き生きするというのかな、次にどうすればいいっていうのが自然にわかるんだ」

「そうですかい。これがずっと続くことをあっしは祈ってやみませんよ」

「大丈夫さ。勇七、心配するな」

「いやあ、それは無理ですねえ。あっしはいつも旦那のことは心配ですよ」

鯖の味噌煮がやってきた。思っていた以上に大ぶりの鯖で、脂がよくのっている。

「勇七、こりゃうまそうだな」

「味はあっしが請け合いますよ」

文之介はさっそく箸をのばした。身をほぐし、口に持ってゆく。甘みのある脂が口中に広がり、味噌の旨みとともに溶け合ってゆく。飯をすかさず放りこむと、うまさがさらに増し、箸がとまらなくなった。

最初の飯はすぐに空になり、おかわりをもらった。味噌汁もよくだしがきいていて、漬物も味噌煮のうまさを邪魔しないあっさりさがあって、こちらもおいしかった。

文之介は満足して代を払った。いつものように勇七の分も持つ。

「ごちそうさまでした」

道で勇七が頭を下げる。

「いや、礼をいうのは俺のほうだ。うまかったな。また来よう」

腹ごしらえをすませた文之介は気力がみなぎるのを感じた。

「よし勇七、行くか」

「亀久町ですか。でもきっとまだ帰ってないですよ」

「やつの長屋に行って、近所の評判をきいてみるんだ。若い娘を殺せるような人柄かどうか、会う前に調べておくのも悪くはねえだろう」

広造の長屋は輪兵衛店(わへえだな)といい、全部で十六の店があった。やはり広造はまだ帰っていなかったが、路地で洗濯物の乾きを確かめている女房を一人見つけた。

「ええ、広造さん、女たらしっていえばまちがいなくそうですよ。よくこの店にも若い女、引っぱりこんでますし」

女房は声を落とした。

「女絡みでなにかあったんですか」

「いや、ある件で話をききに来ただけだ」

「ある件ってなんです」

「それはいえんな」

文之介は少し厳しい顔をつくり、女の好奇の心を封じた。

「広造だが、どんな性格だ」

「明るいですよ、子供にもやさしいし。やさしいから女にもてるんですよ。商売もけっこう繁盛しているようですしね」

「怒りっぽいたちか」

「広造さん、ここに来てもう五年近くになりますけど、怒ったところはほとんど見たことないですね。いつもにこにこしてますよ」

「よく女を引っぱりこんでいるといったが、その女と喧嘩したりなんてことは」

「いえ、女が来ると怒鳴るどころかいつもひっそりしてますよ。たまに別の声がきこえてきたりしますけど」

女は下卑た笑いを見せた。

「となると、手をあげるなんてこともないのかな」

「ええ、もちろんそうでしょうね」

女がちらりと洗濯物を見た。はやく取りこみたがっている。

「広造だが、錐のような刃物を持っておらんか」

「錐のような物ですか」

女房は眉をひそめた。

「いいえ、見たことないですねえ」

「そうか。昨日、広造は仕事から夕方に戻ってきたのか」

「ええ、そうでしたね。そのあとすぐに出かけていきましたけど」

「どこへ行くか口にしたか」

「いいえ、いいませんよ。でも見当はつきますよ。女のところでしょう」

「昨夜は帰ってきたか」

「帰ってきたんでしょうねえ。今朝、仕事に行くのを見ましたから」

「今朝、妙なところはなかったか。変な高ぶりがあったりとか、どこかよそよそしかったりとか」

「いいえ、気がつきませんでしたけど。いつものように明るく出てゆきましたよ」

「そうか、わかった」

「ねえ、お役人。広造さん、本当になにかしたんじゃないんですか」

ありがとう、手間をかけた。文之介はそういい置いて輪兵衛店をあとにした。

再び自身番に行き、町役人たちにもあらためて広造のことをきいた。さっきの女房と同じような返事だった。

文之介は自身番を出た。

「どうやら女を殺すような男ではないみたいですね」

勇七が眉根を寄せていう。

「うむ、これまでの感触からすると、首を突き刺して、というのはいかにも似合わんな」

「広造は下手人ではない」

「それは会ってからだな。ふだんは虫も殺せん男が弾みで殺めてしまうことだってある。昨夜、どこにいたのかも気になるし」

「しかし旦那、夕方までまだ一刻半ありますよ。そのあいだどうします。長屋のほうで待ちますか」

「それも芸がねえな」

文之介は考えこんだ。

「そうだ、いい考えがある」

「どんなのです」

勇七が目を輝かせる。

「それはあとのお楽しみだ。黙ってついてこい」

文之介が次に腰を落ち着けたのは、看板娘のお佐予がいる水茶屋の小竹屋だった。

「ここか。ほめた俺が馬鹿だった」

「勇七、なにぶつぶついってんだ。さっさと座れ」

文之介は隣を少しあけた。勇七は無言で腰をおろした。

「そんなにふてくされるなって。ときには息抜きしなきゃ、続かねえだろうが」

「旦那は息抜きのほうが多いから」

「今日は一所懸命やったぜ」

「それは認めますが、お佐予ちゃんの顔を見に来るなんて」

「それもあるが、昨日飲み損ねたからな」

「甘酒ですか」

「そうだ。——なんだ、まだ文句のありそうな顔だな。だったら勇七、ほかにどうすればよかったんだ」

「誰か殺しを目にした者がいないか、近所を当たってみるとか」

「それはほかの連中がやってるよ。岡っ引や下っ引を大勢繰りだしてな。俺たちの出る幕なんかねえよ。それに、あんな人けのねえところだ、目にした者なんかいるわけがねえ」

「でしたら、もう一度お美由ちゃんの父親や串木屋のあるじ夫婦に話をきくとか。ときを置けば、なにか思いだすことがあるかもしれないじゃないですか」

「それもまずあり得ねえな。怪しい者の話をお美由から本当にきいてれば、いの一番に

話したはずだ。なにも知らねえっていうのは、まちがいねえこった。ときを置いたから
って、結局は無駄足を踏むことになる。だったらここで甘酒を飲んで、体をあったためた
ほうが疲れも取れて、気力も盛んになってのちのためになるってもんだ」
「なんか屁理屈っぽいんですけどねえ」
文之介はきいていなかった。
「お佐予ちゃん、甘酒を二つ頼むぜ」

十

冬の短い日が西の彼方に沈む直前、風呂敷の荷物を背負った若い男が長屋の木戸を入
っていった。
右手の四番目の店に男が姿を消したのを確かめてから、文之介と勇七は木戸をくぐっ
た。
なかに明かりが灯されるのを見て、勇七が障子戸を叩く。
はい、とやや高い声がして、どちらさまです、といった。
「広造さん、御用の者です」
からりと戸があいた。端整な顔をした男が怪訝そうにこちらを見ている。

ほう、いい男じゃねえか。

切れ長の目ときれいに剃った月代が男の持つ清潔さを際立たせている。荷物を持っているときは気づかなかったが身なりもこざっぱりとして、どういうふうに着こなせばこういうふうになれるのか、文之介は知りたかった。

「あの、御用っていいますと」

勇七に代わって文之介が前に立った。

「北森下町のお美由を知っているな。一度一緒に食事をしたらしいじゃないか」

「えっ、ええ、はい、確かに。……あの、それがなにか」

「お美由は死んだよ。殺されたんだ」

「ええっ」

広造は目をみはった。

「本当ですか」

「初耳か。ここを刺されて死んだんだ。昨夜のことだ」

文之介は首筋を指で叩いた。

広造は呆然とした。それから涙をぼろぼろとこぼしはじめた。子供のように泣きじゃくり、文之介は見つめていることしかできなかった。

それでももうだいぶ慣れてきたのか、涙が出そうにはならなかった。勇七を見たが、勇七も悲しそうな顔こそしているものの、洟をすすりあげるようなことはしていない。

やがて涙も尽きたようで、広造は懐から手ぬぐいを引っぱりだし、洟をかんだ。

「すみません、取り乱しちまって」

「お美由が死んだのがそんなに悲しいのか。一度飯を食っただけの間柄なんだろう」

「そりゃそうですが、やはり知り合いに死なれるとつらいですよ。食事は一度だけでしたけど、紅とかおしろいはこまめに買ってくれたお得意さんでしたし」

「そうか、お得意さんか。おまえさん、お美由につきまとったりしたことはないのか」

広造は顔を突きだし、なにをいっているんだという表情になった。

「そんなこと、したことありませんよ」

ややぶっきらぼうにいう。

「昨夜だが、ここに戻ってきてから出かけたそうだな。どこに行ったんだ」

「そんなの答えなきゃいけないんですか」

「そのために来たんだ」

文之介は懐から十手を取りだし、ちらつかせた。

「お役人はあっしを疑っているんですよね。でもあっしはお美由ちゃんを殺してなんかいませんよ」

「それを確かめるためにも昨夜、どこにいてなにをしていたか、教えてもらいてえな。

正確にいえば、六つから九つまでのあいだだ」

「女のところですよ」

「なるほど。その女はどこに住んでいる」

「近くです」

「それだけじゃあわからねえ。詳しく教えてくれ」

「向こうに迷惑がかかるのはいやですよ。ちょっとわけありなんで」

「どういうことだ」

わずかにためらいを見せた。

「人のお妾なんですよ」

商家の妾だという。やはり小間物を売りに行き、知り合ったとのことだ。

妾の名と住みかをきいて、文之介たちは歩きだした。

妾は深川久永町一丁目に住んでいた。なかなかこぎれいな一軒家だ。

お宮という妾は正直、文之介の気を惹くような器量ではなかった。

お宮は広造の言を裏づけた。昨夜は旦那が来る予定もなく、広造と明け方までずっと一緒にいたとのことだ。

嘘はいっていないように思えたし、実際、近所の者が明け六つすぎにこの家を出てゆく広造らしい男の姿も見ていた。

その足で文之介はお美由の通夜にも出たが、これといって怪しい男を見つけることはできなかった。

「旦那、今思いついたんですけど、下手人を男って断定していいものなんですかね」

虚を衝かれた思いだった。

「そうだな。女のうらみってこともあるのか。迂闊だったな。女なら、そうか、あの殺し方もわからねえでもねえな」

「かんざしですね」

「そういうことだ。しかし勇七、さすがだな。いいところに気がついた。さっそく桑木さまにお知らせしよう」

奉行所に戻り、文之介は一日の報告かたがたそのことを告げた。

「ああ、それか。それだったらわしも吾市たちに調べさせているところだ」

「抜かりはないということですね」

「なにかつかんでくるかもしれんが、だがわしとしては下手人はやはり男だと思うぜ」

「どうしてです」

「女のうらみだったら、あんなふうに横たわらせて数珠を握らせた意味がわからねえ」

「殺してから良心の呵責を感じたのでは」

「女のうらみってのはそんなもんじゃねえ。もっと陰湿だ。心に秘めていたものが一気に解き放たれた直後、良心が目覚めてっていうのは考えにくい。ありゃ、まちがいなく男の仕業(しわざ)だ」

又兵衛は唇をなめた。

「それに女だったら、お美由だってもう少し抵抗できていたはずだ。お美由はな、手首をつかまれ動けなくなったところをずぶりと殺(や)られたんだろう。女にできん業というわけではないが、やはり男だろうな」

「なるほど」

「それから数珠だが、やはりどこにでも売っているようなありふれたものだった。あれから下手人をたどるのは無理だな」

又兵衛がうなずいてみせる。

「よし、文之介、ご苦労だった。もう帰っていいぞ」

今日一日の行動を日誌にしたためてから、文之介は組屋敷へ戻った。

今日もお春が来ていて、父の上に馬乗りになっていた。

思わず文之介は目をみはりかけたが、腰をもんでいるだけだった。

「おい文之介、殺しがあったそうだな」

うつぶせになったまま丈右衛門がきく。

「ええ、若い娘が殺されました」

「探索はどうだ。進んでいるか」

「ええ、まあ」

文之介は言葉少なに答えた。父に話せば有益な助言がもらえるのはわかっている。しかし父はすでに隠居だ。現役の同心としての矜持が文之介に口をひらかせなかった。それ以上に、お春にまたがられていることにかなりの反発があって、話すような気分ではなかった。

「お春、飯はつくってくれたのかい」

「ええ、できてるわよ」

文之介は隣の間に行き、膳の前に座った。今日も味噌汁があたため直してある。一口味わって驚いた。うまかった。

これは、と文之介は思った。母親の味だ。久しぶりに母の味を思いだし、うれしかった。

お春が笑みを浮かべて見ている。

「実緒姉さんに教えてもらったの。うまくできてるでしょ。おじさまにもほめてもらったのよ」

父の腰をもみながら、にっこりと笑う。

「でもよかった。昨日は満足してもらえなかったみたいだから」

実緒というのは、文之介の姉だ。今は南町奉行所の定町廻り同心のもとに嫁いでいる。

「そうか、ありがとう」

素直に感謝の言葉が出た。

その後、文之介はいつものようにお春を送っていった。そしてまたなにもいえずに屋敷に戻ってきた。

「こうして毎日毎日機会があるから、逆にいかんのかな。今日が駄目でも明日があるって先延ばしにしてしまうんだろうか」

きっとそうなんだろうな、と文之介は思った。よし明日こそいうぞ、と心に誓ったが、明日も今日と同じ結果になるだろうことはわかっていた。

湯屋に行き、そのあと湯冷めしないうちに寝床に入った。

暗いなか、不意に母のことが思いだされた。おそらく味噌汁のせいだ。姉も母から教わったのだから。

十年前のことはよく覚えている。いや、忘れるわけがない。

あの日のことを思いだすと、今でも嘘みたいにしか思えない。

昼間、心配で母が寝ている部屋に行ったとき、寝床のなかで母は笑顔を見せてくれた。

「心配かけてごめんなさいね」

同じ日の夕刻、母はすでに帰らぬ人となっていた。語りかけても、目をつむったままでなにも返してくれなかった。

風邪をこじらせ、あっけなく逝ったのだ。

そういえば、と思いだした。あれはいくつくらいのときだったか、家族でどこかへ出かけて、文之介は迷子になったことがある。母の手をかたく握っていたのに、どうしてか離れてしまったのだ。

気づくと、一人きりになっていた。人波に押されるように歩いた、あのときの心細さは今も忘れられない。泣きだしそうになるのを必死にこらえていた。

道行く人は、どうしたのかという目で見てゆくが、声をかけてはくれなかった。

文之介は大声をあげて駆けだしたかったが、そんなことをしたら最後という思いが心のどこかにあった。永久に母や父、姉に会えなくなるぞ、と誰かがささやきかけていた。だから人波からはずれたところで立ちどまり、今にも動きだしそうになる足をぐいと押さえつけるようにしてじっと立っていた。

ふと気づくと、荒い息づかいがきこえた。顔をあげると、母が立っていた。

母は文之介であることを確かめる目をしたあと、両膝をつき思いきり抱き締めてきた。

「ごめんなさいね」

母は泣いていた。

「母上、それがしはどこにも行きません。だからもう泣かないでください」

母は泣き笑いの顔になった。

今となれば、母の喜びようは理解できる。なにしろ生き別れになる親子は膨大な数にのぼるのだ。

迷子はその子を見つけた町内に預けとなる。町役人たちが育ての親ということになるのだが、迷子札をつけていない限り、生みの親の元へ帰るのはほとんど望み薄だ。

あるいは、あのとき母も一度は覚悟したのかもしれない。

もう尽きたと思ったのに、じわりと涙が出てきた。

第二章　名乗らぬ用心

一

翌日の朝、屋敷を出た丈右衛門は三軒の商家をまわってから、昼すぎにお知佳の長屋へ向かった。

文之介の事件のことは気にかかったが、話してもらえない以上、仕方がない。話したくない文之介の気持ちもわからないでもない。自分も、隠居した父に意地でも相談などしたくなかった。

懐にはまた一両二分を入れている。今日まわった三軒は、丈右衛門が現役のときに世話をした商家で、いずれも丈右衛門を慕っており、なにもいわずに小遣いをくれた。

「いらっしゃいませ、御牧さま」

夜具はたたまれ、隅に置かれている。

「なるほど、すっかりいいみたいだな。ふむ、顔色もいい」

「御牧さまのおかげです。長屋の人たちも本当にやさしくて……」

お知佳の顔は本来の輝きを取り戻しつつあるようで、桃色につやつやと光っている。やさしい長屋の者たちに囲まれて、心を覆う厚い膜が一枚一枚剝（は）がれ落ちてきている感じだ。

「お勢も元気そうだな」

火鉢のそばですやすや寝ている。

「御牧さま、昼餉（ひるげ）は召しあがりましたか」

「いや、まだだが、なにかつくってくれるのかい」

「なにがお好きです」

「わしは好き嫌いがないんだ。お知佳さんのつくってくれるものならなんでも食べる」

「それはまずくてもかまわないという意味ですか」

丈右衛門はにこりと笑った。

「包丁にはかなり自信があると見たが、ちがうかな」

「どうしてそういうふうに」

お知佳が楽しげにきく。

「自信がなければ、なにかつくりましょうかなどというはずがない」

にっこりと笑って立ちあがったお知佳はせまい台所を無駄なく動いて飯を炊き、鮭を七輪で焼き、豆腐と葱の味噌汁をつくりあげた。

ほんの四半刻もかからず、丈右衛門の前にそれらの品がのった膳が置かれた。

「どうぞ、召しあがれ」

箸を渡してくる。

「お知佳さんは」

「一緒にいただいてもよろしいのですか」

「もちろんだ。遠慮することなどない」

うれしそうに膳を持ってきた。

二人は同時に箸をつかいはじめた。

丈右衛門は鮭に箸をのばし、咀嚼した。旨みのある脂がじわりと口に広がり、思わず顔がほころんだ。

こりゃうまいな。心中で驚きの声をあげた。

つやがあって粘りもある飯とともに食べるとうまさは倍加した。味噌汁も、昨日お春がつくったものと甲乙つけがたかった。

すっかり満足して丈右衛門は箸を置いた。

「いかがでした」

少し心配そうにお知佳がきく。

「この顔を見れば、わかるだろう。とてもうまかった。驚いた。久しぶりにうまい物を食う幸せを感じた」

「まあ、お上手を」

お知佳はうれしそうにほほえんだ。

「お上手なんかではない。わしは前から世辞を口にできんのだ。そのことで、よく母親に叱られたものだったが」

丈右衛門はお知佳がいれた茶を飲んだ。

どこで包丁を覚えた、ときこうとして丈右衛門はとどまった。まだそこまで心は溶けていないだろう。

「あの、御牧さまはお武家ですよね」

「ああ、そうだ」

丈右衛門は小さく笑った。

「わしの身元調べか」

「いえ、そういうわけではないのですが」

「かまわんよ。これまで話していなかったから気になるのは確かだろうし、それに別に隠さなければならんような身分ではない」

丈右衛門は告げた。

さすがにお知佳は驚いた。

「町方のお役人だったんですか」

「今は気楽な隠居さ。構える必要などない。せがれが跡を継いでいる。まだだらしないが、あれもいずれはきっといい町廻りになるだろう。それだけの資質はある」

「息子さんはいくつなんです」

「二十二だ」

いいながら丈右衛門は渋い顔をした。あいつももう二十二か。その割にずいぶんとしまりのない顔をしてやがるな。

「どうされました」

「いや、あいつももうそんな歳かと思ってな。俺があの歳の頃、もう少ししっかりしていたと思うんだが」

「親の目でご覧になれば、そういうことなんでしょうけど、御牧さまの息子さんだったら今もしっかりされていると思いますよ」

「だったらいいんだが」

お知佳に見送られて長屋を出た丈右衛門は家主の豊之助の元に金を持っていこうとしたが、まだはやいか、という気もした。

お知佳の本復を祝うわけではないが、酒を飲みたかった。まだ日は高いが、やっている店などいくらでもあるし、今の時分のほうが一人で静かに飲めそうだ。

永代橋の手前の深川佐賀町に、安くてうまい店があるのを丈右衛門は思いだした。


丈右衛門はいい気持ちで歩いていた。

一人で飲むというのは、煮売り酒屋の親父が声をかけたために昔なじみの者たちが集まってかなわなかったが、にぎやかなのもやはり楽しかった。

親父が吟味したくだり酒のみが置かれていることもあって酒は最高だし、肴も焼き物、煮物を問わず美味だった。

丈右衛門はひそかに、あの店は一流といわれる料理屋よりもうまいのでは、と思っている。

あたりはすっかり暗い。永代橋を行きかう者は数多いが、誰もが深まる闇に追われるように急ぎ足になっていた。なかには丈右衛門と同じようにふらふらと歩いている者も目につく。

橋を渡り終え、道を進む。町は北新堀町に入った。左手には蔵が建ち並び、闇が支配する今でもその壮観さが目に見えるような気がする。

あとは湊橋を渡り、霊岸橋を越えれば八丁堀の組屋敷だ。

湊橋の直前だった。丈右衛門は背後に殺気を感じた。酔いが夜のなかに溶けだしてゆくかのように一気に醒める。

はっとして目を向けた先には、一人の若い浪人らしい男が立っていた。

瞬きのない瞳で、じっと見ている。暗闇を突き破ってくる眼光の鋭さがある。

「なにか用か」

「酔っているのか。まあ、それでもかまわんが」

なんのためらいもなく近寄ってきた。

丈右衛門は目をみはった。感じた以上に若い。二十歳どころか、まだ二つ、三つ間があるようだ。

だが、その若さ以上に丈右衛門を驚かせたのは、目の前の浪人がすばらしい遣い手であることだ。

俺とやり合ったらどうか。

丈右衛門は見据えた。

まだ俺のほうが上だろう。

しかし何者だ。まだしびれているような頭を必死にめぐらせる。

答えが出る前に、浪人が低い声でたずねてきた。

「御牧丈右衛門どのだよな」

丈右衛門は眉根を寄せた。もう一度考えはじめる。

「なんだ、返事がないな」

「おぬしは」

丈右衛門はにらみつけた。

「名乗らぬ者には名乗らんか。用心深いな。しかし遣えるよな、あんた。歳なのにたいしたものだ」

浪人は、無駄な肉をそぎ落としたような精悍な顔をしている。目は鋭いが、さすがにどことなく幼さを残している。やや右につり気味だが形のよい口が、かすかにこの男の持つ酷薄さを感じさせた。

丈右衛門はどうしても思いだせない。一度会っていれば、そんなことはまずない。つまり、目の前の浪人に会ったことはないということだ。

にっと唇をゆがめるように浪人が笑う。

「思いだせんようだな」

丈右衛門は内心、眉をひそめた。思いを外にださない鍛錬はしてきており、今だって表情に出ていなかったはずなのだ。

「会ったことがあるのか」

「おそらくな」

「おそらくどういう意味だ」

「どういう意味か、よく考えてみることだ」

浪人は低い声でいい、足を踏みだしかけた。丈右衛門が腰を低くした途端、浪人は薄い笑みを浮かべてきびすを返した。早足で闇の先を目指してゆく。

つけるか、と丈右衛門は一瞬思ったが、あの男なら撒こうと思えば苦もなくやってのけるだろう。

屋敷に向かって歩きだそうとして、丈右衛門は少しふらついた。体に、ふつか酔いがようやく抜けたときのような妙なだるさが残っている。

何者だ。あらためて浪人が消えていった闇をにらみつけた。

二

「しかし勇七、手づまりだな」

文之介は、日暮れて、冬の闇が放った冷たい網にがんじがらめにされつつある江戸の町を眺めた。

朝からずっとお美由殺しの探索をしていたが、なにも得られずにいる。

勇七の勧めにしたがってもう一度殺しを目にした者がいないか、徹底して深川元町、三間町、さらに東へ足をのばして富川町（とみかわちょう）、宮川町（みやがわちょう）までききこんだが、手がかりをもたらせてくれる者は一人もいなかった。

お美由の父親の多田吉や、一膳飯屋串木屋のあるじ夫婦にも会ったが、新たに思いだしたこともなかった。

どうすべきなのか。文之介は腕を組み、必死に考えた。

なにか見落としていることはないか。気づかず見逃している点はないか。

だがなにも思い浮かばない。

文之介は頭を殴りつけた。

「旦那（だんな）、どうしたんです」

提灯（ちょうちん）に火を入れていた勇七があわてて声をかける。

「あまりにめぐりが悪いもんでな、こうして活を入れてやれば、なにか思いつくんじゃねえかと思ってさ」

「それでしたら、ご隠居にうかがったらいかがです。きっと、ためになる助言をしてくださると思いますよ」

「いやだ」

「どうしてです」

「どうしてもだ」

「意地を張りたい気持ちはわかりますが、大事なのは下手人を見つけることでしょう。素直にきいたほうがいいと思いますよ」

「いやだ。なんとしてでも俺と勇七の力でやり通すんだ」

「そんな駄々っ子みたいに」

「うるさい。俺は親父なんかに決して相談などせんからな」

「では、どうするんです」

文之介は、お美由が殺された場所に戻った。

「探索の元となるのはやはりここだな」

「今からなにをするんですか」

「きっと下手人が落としていった物があるはずだ」

「でも、ほかの人たちが力を入れてやったとききましたよ。それにこんなに暗くなったとあっては……」

「勇七、提灯を」

勇七がかざす。

「ここにお美由は寝かされていた。首筋を錐のような物で刺されて」

文之介は首をかしげた。

「どうして下手人はお美由を寝かせ、数珠を握らせたのか。やはりこれがこの犯行を解く鍵だな。勇七、おまえはどう思う」

「すいません、さっぱりです」

「あっさりいいやがんな」

文之介は鼻の頭をかいた。

「殺し方もあっさりしてるんだよな。紹徳先生も、あまり痛みを感ずることもなくあの世に、といってたし。できたら苦しめたくない、と考えてのことか」

文之介は頬をふくらませた。

「数珠を握らせたのは、心安らかにあの世にいけるように、という思いからか。なんとなくだが、死者に敬意を払っているようにも思えるな」

「敬意ですか」

「そうは思わねえか」

「あっしにはよくわかりませんねえ」

「でもよ、勇七。少なくともうらみを感じさせる殺し方ではないような気がするんだが」

「うらみでないとしたら、通りすがりの犯行ですか」

「それもしっくりこねえな。通りすがりじゃなく、はなからお美由に目をつけていて殺した気がするんだよな」

「どうしてそう思うんです」

「勘だ」

文之介は額を指で示した。

「でもそれだけじゃねえぜ。やはり、下手人はお美由のことを知っていたんだろう。おそらく見張っていたんだ。だからふだんはつかわないはずのこの路地にやってきたとき、襲うことができたんだ」

それから、二人でしばらくせまい路地を這いずりまわるようにしてなにかないか捜した。

だが、なにも見つからなかった。

「勇七、おしまいにしよう」

文之介は立ちあがった。勇七はさすがに疲れた顔で肩をまわし、体をひねっている。

文之介も長いこと背中を丸めるようにしていて、腰が痛かった。体をぐいと伸ばし、腰をどんどんと叩いた。帰ったらお春にもんでもらいたかったが、あの娘はこれまで一度たりともやってくれたことがない。

「それにしても勇七よ」

文之介は路地の両方向を見渡した。

「四半刻以上いたが、人っ子一人通らなかったな。本当に人通りがねえな、この路地は」

「下手人は、それを知っていたことになりますね」

「ああ、土地鑑のある者だ」

「では、このあたりに住んでいるんでしょうか」

「もしくは住んでいたかだ」

文之介は大きく伸びをした。

「しかし今日はこれまでだな。勇七、奉行所に戻ろう。明日、またがんばればいい」

「でも旦那、明日は非番ですよ」

「えっ、そうだったか」

「返上しますか」

「お美由の親父に、必ず娘の無念を晴らすっていっちまった手前、休むのも恥ずかしいな。よし、やるかな。勇七、おまえはどうなんだ」

「あっしは旦那におつき合いしますよ」

しかしその申し出は、又兵衛にあっさりと却下された。一日しっかり休んで体と頭をしゃっきりさせてから来るように厳命されたのである。

詰所に戻ろうとする文之介の背中に、又兵衛は駄目を押した。

「いいか、決して勝手に探索などするなよ」

さすがに疲れていたらしく、起きたときにはすでに五つ半近くになっていた。こんなに寝たのはいつ以来か、思いだせないくらいだ。

父は出かけたようで、屋敷内に姿は見えなかった。台所に父がつくったらしい味噌汁があり、飯びつにはまだあたたかみを残している二合ばかりの飯があった。

父が自分のためにつくってくれたのかと思ったら、胸が熱くなった。

ただし、飯はまあまあだったが、味噌汁はひどいものだった。塩辛いだけで、だしもよく取れてはいない。具は豆腐だが、味噌と一緒にかき混ぜたのか、ぐちゃぐちゃになってしまっている。

「ひでえもんだな」

姉が嫁いでからお春がつくってくれる夕餉を除けば、文之介はろくな飯を食っていない気がする。

俺もはやいとこ嫁をもらわなきゃ駄目か。

しかし、これまで縁談など一度も持ちこまれたことがない。それに、町方はせまい世界で、姉が南町の同心に嫁いだようにだいたいがこの組屋敷内で縁談がまとまり、いわゆるふつうの武家から嫁が来たり、そちらへ婿(むこ)へ行ったりすることはほとんどない。

何代にもわたってそういうことが続いてきたから、どの家もすでに縁戚(えんせき)同士になっているようなもので、決まるときはあっという間に決まるが、そうでないときはただいたずらにときがすぎてゆく。先輩同心のなかにも三十近くなのにまだ、という者が何人かいる。

鹿戸吾市も独り身だ。あの男はきっと一生独り身のままにちがいない。

飯を食い終わった文之介は茶をいれた。二杯立て続けに飲み、しばらくぼうっとしていた。

気合を入れるように立ちあがり、着替えをすませた。

稽古着と竹刀を担いで、永島町にある坂崎道場に向かった。子供の頃から通っている道場だが、ここのところご無沙汰していた。汗を思いきり流せば、いい考えも浮かぶかもしれない。

いや、今日は仕事のことは忘れよう。竹刀を振るう楽しさだけを満喫することにした。

道場に入ると、声がかかった。

「おう、久しぶりではないか」

師範代の高田熊之丞だ。名は体をあらわすというか、熊を思わせる体格をしており、いかつい顔には濃いひげがのっているし、腕や足もかなり毛深い。

ただ、竹刀と足のさばきは俊敏そのものだ。道場主の坂崎岩右衛門の信頼も厚く、いずれ岩右衛門の一人娘をめとってこの道場を継ぐものと目されている。

「おい文之介、俺とやるか」

第三席の戸田重之助が声をかけてきた。重之助は北町奉行所の吟味役同心の三男で、文之介と同い年だ。そういうことを抜きにしても、お互い気が合い、道場のなかでは常に好敵手だった。

もっとも、ここ二年ほどのあいだで重之助のほうはさらに腕をあげ、文之介は差をつけられた気がしないでもない。

文之介はさっそく納戸で着替え、竹刀を手にした。素振りをくれたが、あまりいい音はしなかった。

「なんだ文之介、腕が落ちたのではないか」

「いってろ。叩きのめしてやる」

「できるかな」

文之介は、道場の中央で重之助と対峙した。

久しぶりということに加え、重之助から発される強烈な気によって身動きが取れなくなるのでは、という危惧があったが、竹刀も足も伸びやかに動いた。

文之介は激しくやり合った。重之助の竹刀もよく見えており、受け身に立たされてもすべて弾き返し、一本も打たれることはなかった。

いいじゃないか。文之介はあまり腕が落ちていないことにほっとしたものを覚えた。

しかし、それは重之助がただ文之介の様子をうかがっていたにすぎなかった。

「文之介、体はあったまったか」

竹刀を構えて重之助が声をかけてきた。

「ああ、汗が出てきたよ」

文之介の返事を合図にしたかのように、重之助が突進してきた。文之介が竹刀を構え直したときには、重之助の竹刀は面を打とうとしていた。

かろうじて文之介ははねあげた。強烈に腕がしびれ、重之助の打ちおろしの強烈さが伝わってきた。

胴を狙われ、これもなんとか叩き落とした。次は小手だった。竹刀で弾いたが、体がやや右に流れた。

文之介もそれを自覚しすばやく体勢を引き戻したが、重之助のほうがはやかった。文之介の右手にまわるや、鋭く面を打ってきたのだ。

これも打ち返した。我慢ができなくなった文之介は攻めに出ようとし、深く踏みだして竹刀を胴に払った。だがその前にびしりという音が眼前で響き、文之介はくらくらした。知らず両膝をついている。

一本、という熊之丞の声が轟き、文之介は尻餅をつくように座りこんだ。

首にもかなりの衝撃があったようで、ずきずきしている。痛えな、とつぶやいて面を取り、さすった。

「大丈夫か」

重之助がのぞきこんできた。

「ああ、大丈夫だ」

文之介はよろよろと立ちあがった。まだ目の前がふらついている感じがする。

「どうだ、驚いただろう」

熊之丞が横からいう。

「俺も何度か打たれたが、あれだけの面はなかなかお目にかかれんぜ。重之助は腕をあげたよ」

「びっくりしました」

文之介は首を振った。

「ずいぶんとおくれを取ったものです」

その後、熊之丞と道場主の岩右衛門とも立ち合ったが、第三席に叩きのめされた男が歯が立つはずもなく、攻勢に出るたびにぼろぼろにやられた。重之助の下に位置する高弟とも竹刀をまじえたが、やはり勝てなかった。

文之介は、重之助を好敵手などと呼ぶのもおこがましいほどになってしまっているおのれを知った。

岩右衛門が雪が降り積もったように真っ白な頭を振り、いかにも残念そうにする。

「文之介、おまえは筋はすごくいいんだ。あとはやる気と自信だな。おまえにはそれが欠けているんだ」

いかにももどかしげだ。

「わしも残念でならんのだ。もう十年以上もともに稽古を重ねてきているというのに、おまえのあふれんばかりの才をいまだに引きだせずにいるのだから」

首を振り、思い直すように続けた。

「もっともおまえは、稽古より実戦の場のほうがはるかに動けるはずだ。もしそういう機会があったら、おまえをすばらしく成長させるであろうな」

道場主は少し残念そうに笑った。

「だが、それを望むわけにもいかんしな」

三

たっぷりと汗をかけたのはとにかくよかった。稽古に関していいところはまったくなかったが、それでも体を存分に動かせたことに文之介は満足している。

あふれんばかりの才か。

敬愛する師匠の言葉だが、文之介は信じることができない。自分にそれだけの才があるなど、とても思えないのだ。あったら、重之助にこてんこてんにされるはずもない。

「文之介の兄ちゃん、浮かない顔、してるね。どうかしたの」

歩きだした文之介の前に立ちはだかるようにしたのは、仙太だった。ほかにも男の子ばかり、五人いる。誰もが文之介に心配そうな眼差しを送ってくる。

「仕事がうまくいってないんだね。元気だしなよ」

「仕事じゃない」

「じゃあ」

「大人にはいろいろあるんだ」

「なに、その子供だからって馬鹿にしたいい方」

「馬鹿になんかしてないさ。本当にいろいろあるんだ」

仙太が見あげる。

「ねえ、今日、非番なんでしょ。一緒に遊ぼうよ」

文之介は子供たちを見直した。

「なんだ、俺を待ってたのか」

考えてみれば、この子たちの遊び場はここ永島町ではない。たいていは行徳橋(ぎょうとくばし)北側の尾張(おわり)拝領屋敷近くの原っぱで遊んでいる。文之介も子供の頃、そこでよく遊んだ。かなりの広さがあるのに、そこには建物が建ったためしがない。

文之介がまだ正式に家督を継いでいない三年ほど前、子供同士の喧嘩の仲裁に入ったら、それ以来、なつかれた。なつかれたというより、なりがでかい割に自分たちと同じ程度の頭しかないことを見抜かれたにすぎないのかもしれない。

「文之介の兄ちゃん、なにをして遊ぶ」

原っぱに着くや仙太がきいた。保太郎がすかさずいう。

「鬼ごっこでいいでしょ」

「鬼ごっこか。どうせ最初は俺が鬼なんだろう」

「だって鬼同心なんてかっこいいじゃない」

「鬼同心か。響きはいいな」

文之介は悦に入って、顎のあたりをなでまわした。

ふと気づくと、子供たちがひそひそ話をしていた。

「ね、やっぱりだろ」

「ほんと仙太のいう通りだ」

「まったく犬みたいなおつむだよね」

「こういうのが町廻りやってて、悪人にだまされないのかね」

「だから、俺たちがそうならないように鍛えてやるんじゃないか」

文之介はにらみつけた。

「この餓鬼ども、許さんぞ」

うわ、逃げろっ。仙太の号令で子供たちがいっせいに走りだし、鬼ごっこがはじまった。

子供たちの足ははやく、身のこなしはすばしこく、文之介はなかなかつかまえられなかった。

原っぱの外に出てはいけない、との決めごとがあり、文之介は体格でまさる強みでなんとか子供たちをとらえ続けた。最後には、本物の盗人（ぬすっと）や押しこみを捕縛するような心持ちになっていた。

六人全員をつかまえ終えたときは、さすがにへとへとになっていた。

「よし、おめえら、鬼ごっこは俺の勝ちだな。ざまあみろ」

両の拳を頭の上にかざし、文之介は本気で喜んだ。その姿を見て、子供たちもうれしそうに笑っている。

「次はなんだ」

息は静まらず汗もだらだら流れて落ちてきているが、文之介はやる気で満ちている。

「じゃあ、剣術教えてよ」

仙太がいった。ほかの子供たちもうなずく。

「剣術か。あまりやりたくないな」

「苦手なの」

「苦手ってことはないが、さっきさんざん竹刀を振りまわしてきたばかりだ」

「じゃあ、剣術ごっこは」

ごっこ、というところに心惹かれるものがあった。これまで子供たちとは何度も遊んだが、これははじめてだ。

「おもしろそうだな。得物は」

「あるよ。待ってて」

仙太と太吉、次郎造の三人が原っぱの端に駆けていった。戻ってきたときには、棒きれを何本か手にしていた。

「一人一本、ちゃんとあるから」

文之介にも手渡された。軽く振ってみると、竹刀より短いせいかひゅんといい音が出た。

「おっ、こりゃいいな」

文之介は棒を帯に差し入れた。

「で、どうするんだ。これで打ち合うのか。でも俺とおまえらでは相手にならんぞ。おまえら、やられるばっかりだぞ」

「そうかな、文之介の兄ちゃん」

仙太がにやりと笑う。

「六対一ならわからないでしょ」

「ほう、餓鬼のくせにずいぶん自信を持っているじゃねえか。おい仙太、本気をだしてもいいのか」

「いいよ。こっちも本気で行くから。ただし、顔と頭はなしだよ」

「よし、わかった。おめえら、打たれても泣くなよ」

「そりゃ、こっちの台詞(せりふ)だよ。——いいかい、みんな、この前打ち合わせた通りにやるんだぞ」

「おう」

子供たちが鬨(とき)の声をあげ、槍のように棒を宙に突きだした。

「行くぞっ」

いいざま仙太が棒を打ちおろしてきた。

「甘い」

受けとめて文之介は棒を振った。むろん、加減はしていたが、それ以上に子供たちの動きはすばやかった。

　子供たちの打ちこみ自体、道場主をはじめとした遣い手を相手にしたあとだからとまっているようなものだったが、どこからでも棒が飛んでくるというのにはさすがに閉口した。

なんとか受け続けたが、次郎造が文之介の下に入りこみ、臑を狙ってきたことで体勢を崩された。

文之介はあわてて飛びあがったが、そのためにうしろからの攻撃に対処できなかった。腰のあたりを狙われたのがわかったから体を左に傾けたが、あらわになった肩を痛烈にやられた。

いてっ。文之介は叫び声をあげたが、子供たちは容赦なかった。やったとばかりにさらに棒を打ちおろしてきた。

子供たちは体を狙う者と足に攻撃を仕掛ける者とに、いつからかわかれていた。厄介だった。打ち合わせってこれか、と文之介は気づいたが、だからといってどうすることもできない。一人一人叩きのめしてしまえばどうにでもなったが、さすがにそういうわけにはいかない。

脇腹を打たれそうになり、避けようとした瞬間、うしろからふくらはぎを打たれた。あっ。足がしびれたようになったが、なんとかうしろを振り向いた。その途端、尻に痛みが走った。

その後は子供たちにやられ放題になった。

「もう降参だ。やめてくれ」

文之介は棒を投げ捨てた。

「ええ、もうおしまいなの」

仙太が不満げにいう。

「打つばっかりのおまえらはおもしろいだろうが、やられっぱなしの俺はおもしろくねえんだよ」

「もっとやろうよ」

「そうだよ、次は加減してやるからさ」

いやだ。文之介は地面にへたりこんだ。しかし、とすぐに思った。手加減していたのはばれていないということだ。上々だった。

「もう終わりにしよう。ほら、じき暗くなるぞ」

文之介はどたりとうしろ向きに倒れこんだ。体は疲れきっていたが、爽快感が汗とともにわきだしてきている。明日はきっとうまくゆくという確信が、心のなかにしっかりと根づいていた。

「ほら、文之介の兄ちゃん、きれいだよ」

仙太の声に文之介は起きあがった。

「本当だな」

明日も天気がいいことを確信させる橙色の太陽が、今まさに江戸の町並みの彼方に沈もうとしている。町は鮮やかに染められ、子供たちの顔も赤い。

「よし、帰るか」

文之介は起きあがった。

「しかし腹が減ったな」

「なにか食べてく」

仙太が期待のこもった目で問う。

「駄目だ。母ちゃんたちが夕餉をつくってくれているはずだ。おまえたちのために一所懸命につくったのに食べられないんじゃ、母ちゃんたちは悲しむからな」

文句があるかとばかりに文之介は子供たちを見渡した。

「でもさ。おいらたち、もう腹ぺこぺこだよ。夕餉までなんてもたないよ」

「それもそうだな」

少し歩いたところで飴(あめ)売りを見つけた。文之介は声をかけ、一番大きいのを七つ買った。

「一人に一個だけど、少しは腹の足しになるだろう。それに、疲れたときには甘い物はいいんだぞ。疲れが取れる」

四

「あんたのせがれはよくやってるよ」

又兵衛がちろりを持ち、酒を勧めてきた。

丈右衛門は杯で受けた。くいっと飲む。甘みのあるあたたかみがじんわりと口中に広がり、するりと喉をくぐってゆく。腹もあたたまり、うまいな、と声が自然に出た。

「もっともあんたにくらべたら、まだまだだけどな。でも、いい筋をしていると俺は思うぜ。もう二年たったからな、かなりさまになってきた」

「そうか。なら、このまま町廻りとしてやっていけると考えていいんだな」

又兵衛が小さく笑う。

「心配している口調だが、そんなのはとっくにわかっていたんだろう」

「そんなことはないさ。ここ二年、俺が代わってやりたいくらいだった。そのほうがどれだけ楽か」

「そうだよな。人にまかせるっていうのはなかなか骨が折れる」

「実感のこもった言葉だな」

「当たり前さ。これでも多くの配下を抱えているんだぜ」

丈右衛門はちろりを持ちあげた。すまんな、と又兵衛が杯を突きだす。なみなみと注いでから丈右衛門は手酌でやった。

「つまみがなくなっちまったな」

又兵衛がいって、そばに来ていた小女(こおんな)を呼んだ。

「刺身と焼き魚、煮物を適当に見つくろって持ってきてくれ。漬物も頼む。あと、酒も」

わかりました、と小女が去ってゆく。

「今日、文之介は非番だ。決して勝手に探索するな、ときつくいっておいたよ。ちゃんと骨休めしたかな」

「したさ。息を抜くことの大切さはやつだってそろそろわかりはじめているはずだ」

「あんたがそうだったものな。くたびれた頭と体じゃなにもできん、てさ。俺はあんたから休むことの大事さを教わったよ」

「そうだったのか。ところで話ってのは」

「ああ、それか」

又兵衛が酒で唇を湿した。

「いわんでもいいよ。わかっているさ。娘殺しのことだろう。進展がないらしいな」

「どこからきいたんだ。文之介じゃないのは確かだな。あいつはあんたに対抗心を持っているから、意地でもそんなことをしゃべるはずがない」

「まあ、いろいろさ」

「そのあたりはきかんでおこう。その通りさ。まったくはかばかしくない」

「事件のことをきかせてくれんか」

「隠居なのに首を突っこむつもりかい」

「そのつもりで呼びだしたんだろうが」

又兵衛は、これまでわかっていることを隠し立てすることなくすべて話してくれた。

「今のところつかんでいるのはこんなところだ。気になる点は」

丈右衛門は首を振り、酒を飲んだ。

「それだけではなんともいえんな。娘が殺された場所に行ってみんことには」

「今から行く気か」

「こんなに酒が入ってしまっては無理だな」

ふと、あの若い浪人の像が頭に浮かんできた。酒好きの又兵衛と話をするためとはいえ、飲んだのはまずかっただろうか。

「どうした」

「いや、なんでもない」

経験深い与力の目がじっと見ている。

「そんなことはない。さあ」

丈右衛門はちろりで酒を勧めた。すまんな、と又兵衛が一気に杯を干した。丈右衛門はすぐに杯を満たした。

「しかしあんたと飲むのも久しぶりだよな。半年ぶりくらいか」

「そうだな。酒となると、なかなかおぬしはおごってくれんからな」

「そんなことはない。いってくれればいつでもおごる。今日だって、わしがもつ」

「いいのか。おぬし、配下にたかることで知られているじゃないか」

「あんただけはちがう。なんといっても、命の恩人だ。もしあのとき救われていなかったら、こんなふうにのんびりと酒を飲めてない。あんたには本当に感謝しているんだ」

「しかしお互い、長いつき合いだよな」

「ああ、見習の頃からだからもう四十年か」

「しかしおぬし、歳を取ったな」

「お互いさまさ。あんたも昔はなかった白髪が増えた」

小女が肴を持ってきた。それらが畳に置かれた大皿の上に次々に並べられる。

「おいおい、こんなに食べられるのか」

丈右衛門は驚いて又兵衛を見た。

「まかしておけ。胃の腑の大きさだけは自信があるんだ」

「そうだったな。昔から奉行所一の大食らいだった」

「俺は親父の教えを守っているだけさ」

「親父の教え」

「あれ、話してなかったか。たくさん食べる子はいい子に育つってやつだ」

「うむ、いい子だったかは知らんが、少なくともいい上役だったよ」

「あんたにそんなふうにいわれると照れるな。だがあんたが下にいて、俺を持ちあげてくれたからな、俺も助かった。それにあんたがいろんな事件を解決に導いてくれたからな、お奉行の受けもよかった。俺はあんたにすごく感謝しているんだぜ」

「言葉できいたのははじめてだが、そうではないかと薄々気づいてはいたよ」

　そうか、といって又兵衛は刺身をつまんだ。

「ところで、最近、道場のほうへは行っているのか」

「いや、まったくだ。おぬしは」

「俺は才がないからな、もう道場とは縁切りも同然だ。いや、この前、岩右衛門さんとばったり会ったんだが、あんたのことを気にしていたんだ。あんたは岩右衛門さんに絶賛された腕の持ち主だし、文之介もいまだに通っているんだし」

「もう無理だな。体がついてゆかん」

そう口にした瞬間、またもあの若い浪人が脳裏をよぎっていった。腕だけならおくれを取らない自信に今も変わりはない。しかしもし戦いが長引いたら。若さにまさるあの浪人に圧倒されるだろう。

ここは岩右衛門の元に通ってみたほうがいいだろうか。

「なんだ、どうした。また考えこんでいるじゃねえか。本当になにかあったんじゃねえのか。まさか――」

又兵衛が煮魚を咀嚼しつつ笑う。

「女か。やるな、あんたも」

「冗談じゃない。そんなのはおらんさ」

だがお知佳の面影がすうと目の前を横切ってゆき、丈右衛門はわずかのあいだ、心を奪われた。

「おい、どうした。心ここにあらずって風情だぜ。――なんだ、本当にいるのか」

又兵衛が干した杯をとんと置いた。

「誰なんだ。素直に吐いちまいな」

「尋問する気か」

「ああ、そういえば、おまえさん、文之介から金をたかったらしいな。それも女に貢いでるんじゃねえのか」

「どうだかな」

丈右衛門は酒を飲んだ。

「それよりもおまえさんだ。なんでも夢があるってんで貯めこんでるそうじゃねえか。夢ってのはなんだ」

又兵衛はうろたえた。

「どうして知っている。誰だ。文之介か」

「文之介が俺に話すわけがない。さあ、吐いちまいなよ」

五

文之介は屋敷に戻った。

「お帰りなさい」

「あれ、姉さん。来ていたのか」

「久しぶりね」

いわれてみればそうだ。近くに住んでいるのに会わないときは会わないもので、最後に会ったのはまだ季節も夏の余韻を引きずっているようなところがあった。おそらく二月ぶりくらいになる。

「父上はまだお帰りになってないのか」

「そのようね。どこかで飲んでいるんじゃないかしら。だから、お春ちゃんも来ていないのよね。残念ね」

実緒が笑いかけてくる。

「別にあんなおかめ、どうでもいいよ」

「無理しちゃって」

一つ年上の実緒は人の妻だけに、眉を落としている。嫁いで一年ほどになるが、いかにもご新造といったしっとりとした落ち着きをその物腰から醸しだしていた。

「義兄上(あにうえ)は」

文之介は姉のことに話題を振った。

「今夜は宿直(とのい)で奉行所に行っているのよ」

「そうか、宿直か」

今、南町奉行所は月番ではないが、一応なにがあるかわからないということで同心が夜、つめることになっているのだ。文之介にも月に一度だけだが、必ずまわってくる。

「しばらく会ってないけど、じゃあ元気にしてるんだね」

「ええ、とても。元気だけが取り柄みたいな人だから当然なんだけど」

きれいで聡明(そうめい)な姉。その美しさは組屋敷内でも評判だった。実際、文之介も実の姉とはいえ、あまりのまぶしさに直視できないことがあったくらいだ。

どこの誰が実緒を嫁にできるか、一時は賭けの対象にもなっていたときく。

結局、実緒を嫁にしたのは幼い頃からの知り合いの三好信吾だった。二人は同じ手習所で机を並べた仲で、子供の頃から気持ちを通わせていたという。

姉より二つ上の信吾は、明るくはきはきとしたしゃべりをする、笑顔がとてもさわやかな男だ。仕事ぶりも人柄の実直さを映したようにまじめで、町人たちにも慕われているとのことだ。

姉の選んだ男は人としていい男だった。

「文之介、今日、非番だったんでしょ。なにして遊んでいたの」

「ほら、またそうやって子供扱いする」

「だってしょうがないでしょ。あなたはいつまでたっても私の弟なんだから」

実緒が文之介を見た。

「ご飯は食べた」

「まだ」

「支度してあるわ」

台所脇の部屋に行き、文之介は膳の前に腰をおろした。

あたたかなご飯がよそわれ、湯気をあげる味噌汁が盛られた。おかずは大きめの目刺し鰯が一本に、大根の漬物。

「へえ、こりゃ大きいね」

文之介は手で目刺しをつかみ、頭からがぶりとやった。苦みが伝わるが、身の甘みがすぐに追いかけてきた。わずかにきいた塩が食欲をそそり、文之介は飯をがつがつと食べた。

「ほら、またそんなにあわてて食べて。ちゃんと嚙まなきゃ駄目でしょう」

「はいはい、わかりました」

文之介は答えたが、変わらない箸づかいで飯を食べ続けた。三杯おかわりし、四杯目を姉に求めようとしたとき、怖い目にぶつかった。

「食べすぎよ」

「あんまりうまいものでさ」

「夜食べすぎて、朝いつも食べられなかったでしょ。今日はもうやめときなさい」

「はい、はい。でも姉上、本当に母上にいい方が似てきたね」

「そうかしら」

「なんというか、自信、落ち着きかな。いや、それだけではなくてなんか体の感じも似てきているし……」

はっと気づいた。

「もしや姉上――」

実緒はにっこりと笑った。

「さすが文之介ね。鋭いわ」

「やっぱりそうか。義兄上には話したの」

「いえ、まだよ。だって照れくさいもの」

「そうなのか。いつ生まれるの」

「来年の夏ね」

「ふーん、待ち遠しいな。俺もついに叔父上と呼ばれる身分か」

「父上もおじいちゃんよ。喜んでくれるかしら」

「そりゃそうさ。なんといっても、娘の腹から生まれた孫が一番かわいいらしいから。やっぱり血がつながっている感じが強くするのかな」

「どうかしら」

「姉上もついに母か」

文之介は実緒の顔をじっと見た。

「なに、そんなに見てるの」

「いや、姉上も女だったんだなあって」

「当たり前でしょ」

「でもさ、男に生まれたかったって思ったことはない。姉上は頭もいいし、剣も俺なんかとちがってつかえたし」

「一度も思ったことはないわ。私は女に生まれてよかったと思っているから」

「そうなのか。でもさ……」

自分と入れちがったほうがよかったのでは、と文之介は思わずにいられない。父も口にこそださないが、そんなことを思ったことはないのだろうか。

瞬きもせず姉が見つめている。幼い頃から何度も見せられた、弟の心を見抜く瞳だ。

「そんなことはないわ」

少し厳しい口調でいった。

「父上を見損なっては駄目よ。父上はあなたのことをすごく買っているのだから。照れ屋なので決して口にはしないけど、目を見ればわかるわ」

「父上が照れ屋。平気で娘の尻をさわっているけど」

「そういう照れとはちがうのよ」

実緒が気がついたように茶をいれてくれた。文之介は湯飲みを手にして、一口すすった。熱くもなくぬるくもない。しかも好みの濃さだ。安い茶なのに姉がいれると、なぜか一味ちがう。するすると喉をくぐってゆく甘みが心地よい。

「ねえ姉上、お春がどうしてあんなに父上のことが好きなのか、知ってる」

「いえ、知らないわ。私も不思議だったの。前にお春ちゃんにもきいたけど、よくわかっていなかったわ。父上は若い娘の気まぐれとしかいわないし」

「やっぱり幼い頃、なにか事件でもあったのかな」

「そうかもしれないわね。でも、今は私たちが口をだすべきことではないわね。ときが来れば、きっと父上も話してくださるわ」

実緒が茶を飲んだ。白い喉がこくりと上下する。

文之介は目をそらした。

「姉上こそ食事は」

「家ですませてきたわ」

「ああ、そうなのか」

実緒の義父母に当たる人はすでにいない。実緒が嫁す三年前と四年前に相次いで亡くなっている。実緒は夫と家つきの中間(ちゅうげん)の三人で暮らしているのだ。その中間も信吾の供として今は奉行所にいるはずだ。

「お茶のおかわりは」

「いや、もういいよ。あまり飲むとどうも眠れなくなる」

「ふーん、変わったのね。前はどんなにたくさん飲んでもぐっすりだったのに」

「歳を取ったのさ」

「そんなにいうほどの歳じゃないでしょ」

まじまじと見つめてくる。

「でもやっぱり大人になったわね。――ねえ文之介、あなた、迷子になったときのこと、覚えている」

「覚えてるもなにも、この前そのことを思いだしたばかりだ」

「あら、そうなの。文之介が覚えているかどうかわからないけれど、あのときは父上が非番で、家族全員で両国のほうへ出かけたのよね。人混みに押されるように歩いてしばらくして文之介が迷子になったとわかって、私、心が張り裂けそうだったわ」

父は実緒をある神社の鳥居の前に連れてゆき、文之介を連れ帰ってくるまでここを決して動かぬようにいった。しかし実緒は自分も役に立ちたくて、一人で文之介を捜しはじめたのだ。

気づいたときには、どこにいるかわからなくなっていた。心細くてならなかったが、住んでいるのが八丁堀というのは覚えていて、それで目についた自身番に行き、そこの町役人に組屋敷まで連れていってもらったのだ。

「家には誰もいなかったわ。隣の川島さんのご隠居に来てもらって、みんなの帰りを今度はじっと待っていたわ」

実緒は遠くを見るような目をした。

「父上たちが帰ってきたのは、五つ近くだったわ。もう疲れきっていてね。あなたは父の背中で寝ていたわ。二人とも私の顔を見た瞬間、目にしているものが信じられないといった表情で。我に返った父上なんか、大声をあげて飛びあがるようにして抱きついてきたわ。あんなに喜んだ父上の顔は、あれから一度も見てないわ」

それから両親には心配をかけないようにずっと心がけてきたの、と姉はいった。

そうだったのか、と文之介は思った。自分が知る限り、姉は両親のいいつけはきっちりと守り、なに一つあらがおうとしなかった。自分とのあまりのちがいようが文之介はずっと不思議でならなかったが、その謎がいま解けた気がした。

六

「勇七、今日も寒いよなあ」

文之介は肩を震わせた。

「ええ、冬ですから」

「相変わらず愛想のねえ野郎だ。——あれ、この前同じことをしゃべったばかりだな」

日がのぼってから一刻は経過したこともあり、多少冷えこみはましになってきたが、それでも北からの風はこの季節の厳しさを教えてやるといわんばかりの横暴さで、町を荒々しく駆け抜けてゆく。

「ちょっとどこかで体をあったためなきゃ、こりゃもたねえな」

「旦那、また怠けるつもりですか」

「勇七、人ぎきのわるいことをいうんじゃねえよ。仕事はまじめにやるさ。その仕事をきちんと続けるためにまず体をあったためなきゃならねえ、っていうことさ」

文之介は勇七を振り返った。

「なんだ、おめえだって唇青くしているじゃねえか。やせ我慢してねえで、どっかで甘酒でも飲もうぜ」

勇七はそれでも頑として拒絶する顔つきだったが、またも冷たい風が体にぶつかってきて、顔をそむけた。勇七のためにもここは休息を取ったほうがいい。

「さて、このあたりにあったかな」

文之介は口にし、まわりを見渡した。

二人がいるのは深川海辺大工町の上町で、目の前に、これから渡ろうとしている高橋の下、激しく波立っている小名木川が見えている。

「正田屋さんがありましてよ」

うしろから少ししわがれた女の声がし、土を踏み締めるような足音が近づいてきた。

まさか。ぎょっとしつつ文之介が振り返ると、案の定お克が立っていた。うしろに供の帯吉が笑顔で控えている。

「ああ、これはお克さん」

一歩踏みだした勇七が、滅多に見せることのないにこにこ顔で小腰をかがめる。

「勇七さん、こんにちは。お元気そうでなによりだわ」

「はい、ありがとうございます」

文之介には勇七の気持ちが知れなかった。目の前にいるのは大身の呉服屋青山の一人娘だが、化粧は濃くどぎつい。しかもたっぷりと肥えているし、五尺五寸ある文之介とさして変わらない背丈の持ち主だ。もし相撲を取ったら、こちらが負けるのではと思えるほどの体格を誇っている。

お克が文之介に向き直り、大きな体を縮めるように頭を下げる。

「文之介さま、おはようございます。ずっとお会いしたかった……」

恥じらうように顔をうつむける。朝日が下顎のあたりにまともに当たり、おしろいが白々と照らしだされた。口紅も真っ赤で、そこに唇だけのお化けがいるみたいにくっきりと見えている。これでうまく化粧をしているとお克が思っているらしいのが正直、すごい。

「もし行かれるのでしたらご一緒しますわ」

「本当ですか」

勇七がうきうきした声をだす。

お克の目は文之介にまっすぐ向けられたままだ。

文之介はちらりと勇七を見た。期待のこもった目にまともにぶつかった。勇七は息を忘れたように文之介を見ている。

「わかった。正田屋に行こう」

正田屋は深川南六軒堀町(みなみろっけんぼりまち)にあり、これからききこみにまわるつもりでいる深川森下元町や三間町、北森下町に向かうのに遠まわりにならない。

勇七はほっとした顔だ。うれしそうに笑顔を向けてきた。

「私がおごりますわ」

同じように喜色をあらわにしたお克がいう。

「いや、いいよ。そのくらいの持ち合わせはある」

文之介はさっさと歩きだした。

しかし、どうして俺にはこんなのが寄ってくるんだ。

文之介はため息をつきつつ首を振った。どうしてもお春とくらべてしまう。これがお春だったら、と思わざるを得ない。

お克と知り合ったのは、以前お克と帯吉がならず者に絡まれているのを、文之介が黒羽織と十手にものをいわせて救ったときのことだ。

定町廻り同心として当然のことをしたまでだが、それ以来、どうもお克には好かれているらしい。一度ならず食事に誘われているが、文之介はすべて断っている。

正田屋に着いた。空でごうごうと風が鳴っているなか、道沿いに十本以上の大木が西から北にかけて立っているためか、嘘のように風がなかった。

しかも大きめの火鉢が炭を惜しむことなくがんがんに焚かれていて、文之介の体は春のようなあたたかさに包みこまれた。

「こりゃいいや。極楽だな」

甘酒を看板娘のおみちに注文して、文之介はさっそく奥の縁台に腰かけた。隣にお克がつつましく座ったが、縁台がぎしと抗議の音を立てた。勇七と帯吉は隣の縁台に並んで座を占めている。

「気に入っていただけましたか」

顔をのぞきこむようにお克がきく。

どういう意味かはかりかねて、文之介はじっと見返した。見つめられてお克がぽっと顔を赤らめた。厚い化粧に覆われて、はっきりとはわからなかったが。

このあたたかさのことか。文之介はとっさに理解した。

「まさか、この火鉢……」

「ええ、文之介さまをこうしてお誘いできることもあろうかと、私どもで用意させていただきました」

「でも今日、俺があそこに行くのがどうしてわかったんだ」

文之介はそのことも理解した。

「この店に、ここしばらくずっと同じことをさせていたのか」

「はい。もし文之介さまがいらっしゃらなくても、無駄にはなりませんし。ほかのお客さんもあたたかさ目当てにたくさん入ってきましたから」

「そんなことができるなんて、この店は青山がやっているのか」

「いえ、そんなことはないのですが」

なるほど金か、と文之介は思った。

「あの、文之介さま。前からお誘いしているのですけど、今度一緒にお食事に行きませんか」

「いや、あのさ。男と女が席をともにするなんてこと、まずいだろう。しかも俺は町方だ。できたら男女のことであらぬ噂(うわさ)を立てられたくない」

「そうですよね」

お克は悲しそうだ。しかし文之介にはどうすることもできない。どうしようもなくお春が好きだった。

おみちが運んできた甘酒を飲み、文之介は満足した。しかしあまりにあたたまりすぎて、外へ出るのが怖かった。

実際、お克たちとわかれたあと道を歩きはじめて猛烈なうなりをあげる風が体に巻きついてきたときは、甘酒の効力など一瞬で消え、凍(こご)えてしまうのではないかと思えるほどの冷たさに襲われた。

「お克さん、いいですよねえ」

寒さなど感じていない調子で、勇七がうしろから声をかけてきた。

「なんでお誘い、断ったんです」

文之介はくるりと首をまわした。

「受けたほうがよかったか」

「いえ、まあ、断ってもらってうれしかったです」

「俺には決まった女がいるからな、正直、浮気はできねえ」

「あれ、お春さん、振り向いてくれたんですか」

「おめえの顔を見るみたいにたやすくはいかねえ。相変わらず父上にべったりだが、いつかは、って思っているよ」

「がんばってくださいね」

「しかし勇七、おめえ、なんでお克がいいんだ。そういえば、昔っから醜女(しこめ)が好きだったよな」

行きすぎてゆく二人の町人が、風にばたばたと裾を取られそうになっている。その風がすぐに文之介たちを包んだ。

「醜女が好きだなんて、そんなことはないですよ」

「だってお克がきれいに思えるんだろ」

「別にそういうわけではないですよ。ただ、好みの顔ではありますが」

はあ、そうなのか。

「まあ、とにかくがんばれ。うまくいけば、青山の婿におさまることができるかもしれんぞ」

「いえ、あっしなんか駄目ですよ」

勇七はあわてて手を振った。またも風が強く吹きつけ、壁のように立ちあがった土埃がざざざと音荒く顔を殴りつけていった。

「ちっきしょう、痛えな」

頰や額、耳を手でぬぐいながら文之介はぺっぺっと唾を吐いた。

「くそっ、口にまで入ってきやがった」

「だってお克さんが相手にしてくれるわけ、ありませんから」

なんの話だ、と文之介は勇七に目をやった。すぐに思いだした。

「いや、そんなことはねえと思うぞ」

文之介は本心からいった。なにしろ勇七にはひそかに思いを寄せている町娘が何人もいるのを、文之介はお春からきいて知っている。

だからなにもお克でなくとも……。

足を運びつつ、文之介は顎をなでた。

しかし、蓼(たで)食う虫も好き好きっていうからな。

七

丈右衛門は町家の陰に身を隠した。

あいつもここに目をつけたのか。

なかなかやるじゃねえか。丈右衛門は目を細めた。

勇七を連れて文之介が深川元町の一角に入ってきたのだ。おそらくききこみだろう。

だったら退散したほうがいいか。かち合っちまったら、なにをいわれるかわからねえものな。

丈右衛門としては、せがれの役に立ちたいと思って、娘が殺された町までやってきたのだ。自分が動けば、これまで見すごされてきたものが見つかるのでは、という自負があった。

現役の頃もほかの誰もが嗅ぎだせずにいた事実を探りだし、それがきっかけとなって沼の水のようによどんでいた流れが動きだし、事件の解決につながったことが何度もある。

今度も同じことができるのではないか。

そう考えてのことだったが、ここに文之介が来ているのだったら、とりあえずはまかせたほうがいい。

先にききこみをせんで、よかったな。

丈右衛門は安堵の息を漏らした。もし先に嗅ぎまわっている者の存在を知ったら、文之介はどういうことなのか、たちどころに理解するだろう。

丈右衛門は、文之介たちが半町ほど先の道を右に曲がってゆくのを確かめてから、通りに出た。

冷たい風に追われるように丈右衛門は歩きだした。どこでときを潰すか。

文之介がどれだけこの界隈にいるのか次第だが、おそらく午後までかからないのでは、という気がしている。

店をあけていた手近の蕎麦屋に入った。なかはけっこうあたたかだった。まだ誰もいない座敷の奥のほうに座りこんだ丈右衛門は盛りを二つ頼んだ。蕎麦切りは酒との相性がぴったりなので、飲みたかったが、さすがにやめておいた。

「お待たせいたしました」

店主自ら蕎麦切りを持ってきた。その、いかにも実直そうな顔を見て、丈右衛門は心中、首をひねった。見覚えがある。

店主が一礼して、盛りの入ったせいろを畳の上に置く。

「どうぞ、ごゆっくり」

髪には白いものがまじり、目尻のしわも深い。顎のところに小さな傷があり、これも見覚えがあった。蕎麦を毎日打っていることもあるのか、太い指だが女のようにきれいだ。

その指を目にして、あっという間に記憶が呼び覚まされた。

「おぬし、義蔵（よしぞう）といわぬか」

去りかけた背中に声をかける。店主が振り返り、頭を下げる。

「覚えておいででしたか。ありがとうございます。その節はお世話になりました」

「やっぱりそうだったか。しかしどうして蕎麦屋なんだ。店はやめたのか。だが、あのとき罪を犯しておらぬことははっきりしたではないか」

「ええ、その通りなんですが、あんなことがございましてはいくら無実が証されたともうしましても、さすがに居づらくなってしまいまして……」

「なるほど。あれはもう十年以上も前か。いつこの蕎麦屋をひらいた」

「一年ほど前です。もともと好きだったもので、八年ばかりある店で修業いたしまして。ここは借りてやっています」

「そんなに長く修業したのか。立派だな」

「いえ、まだまだ修業中の身です」

「その気持ちを忘れたら職人はおしまいだからな。ふむ、蕎麦もうまそうだ」

「ああ、はやくお召しあがりください。伸びてしまいますから」

丈右衛門は箸を取り、つゆにつけた蕎麦切りをすすりあげた。

「喉越しがよく、甘みが実に濃い。つゆもいい。だしがいいんだな。手間を惜しむことなくつくっているのがよくわかる」

「ありがとうございます」

その後は無言で蕎麦切りを食べ続けた。せいろに残った最後の一本を箸でつまみあげ、口に入れた。

「うまかったよ。こういうていねいな仕事の物を食べると、頬がほころぶな」

蕎麦湯をもらった。こちらも美味だった。

さすがにこれだけうまいと、まだ昼には間があるのに暖簾を払う客が増えてきた。それを潮に丈右衛門は腰をあげた。

「あるじ、うまかった。絶品だったよ」

代を払う際にいうと、あるじが厨房から出てきた。

「ありがとうございました。是非またおいでくださいませ」

店主の見送りを受けて、丈右衛門は店を出た。相変わらずの冷たい風のなか、歩きだす。

義蔵か、と思った。あの男は十一年前、ある商家の手代をやっていた。

今日のように寒い大晦日、三軒の得意先の集金を終えたとき、義蔵は人に突き当たられた。直後、懐から重みが消え失せたのに気づいて掏摸だと直感し懐を調べたが、やはり合計で三十七両という金はなくなっていた。

義蔵は必死にあとを追ったが、しかし掏摸は雑踏に紛れて見えなくなった。その足で近くの自身番に行き、事情を語った。

すぐに奉行所から人がやってきて、調べはじめた。そのとき、この事件を担当したのはまだ二十歳の鹿戸吾市だった。

吾市の調べはそれなりに迅速だったが、掏摸をつかまえることはできなかった。

そうこうしているうちに、義蔵がある岡場所の女に入れあげているという知らせがもたらされた。これまでもその女のいうままに金を渡しているとのことで、女が手にしたのは全部で六両だった。

その女はさらに、あと三両都合できないか、といっているとのことだった。

もしや狂言では、ということになり、義蔵の身辺が探索された。女がまず調べられたが、義蔵から三両はもらっていなかった。次に義蔵が暮らしている店の奉公人部屋が調べられ、義蔵の荷物から十五両が見つかった。

義蔵にとって驚愕以外のなにものでもなく、どうして金がそこにあったのか説明できなかった。義蔵は奉行所に引っぱられた。

義蔵は無実をいい張った。口を割ろうとしない義蔵に丈右衛門も会ったが、いかにも実直そうな顔をしているのがわかっただけで、果たして真実をいっているのか定かではなかった。

ただ、一つ丈右衛門が引っかかったのは、三十七両の金が十五両に減っているのにどうして女へ三両やっていないのか、ということだった。義蔵には女以外には金がかかるようなことは一切なく、借金もなかった。

であるなら、あとの二十二両はどこへ消えたのか。

丈右衛門の探索の網にかかったのは、義蔵の同僚の手代だった。この男には賭場の借金があり、それが十両を超えるくらいに重いものとなり、一時その手代は必死に金策をした形跡があった。義蔵が三十七両をすり取られたあと、賭場の借金はきれいに清算されていた。

これで筋書きははっきりした。つまり、手代は金で掏摸を雇って義蔵から集金した金を盗ませ、賭場の借金を返して、掏摸への謝礼を引いて残った金を義蔵の持ち物のなかに忍ばせたのだ。

その手代が今度は取り調べられ、あっさりと白状した。掏摸と知り合ったのは賭場とのことで、掏摸もその賭場の手入れの際、とらえられた。掏摸は手代から頼まれて義蔵からすり取ったと観念していった。

その手代が、義蔵が岡場所の女に入れあげ金まで渡しているのを知ったのは、飲んだときに酔った義蔵が口にしたからだった。

解き放ちになった義蔵は丈右衛門に、これからは一切酒を断ちます、と誓ってみせたのだ。そんなに大袈裟にすることはあるまい、と丈右衛門は笑っていったが、義蔵は、懲りました、とただ一言いって道を去っていったのだ。

おそらく、今も一滴たりとも口にしてはいまい。

とにかく、商家の手代から蕎麦屋のあるじへの転身は成功したのだ。今はそのことを喜んでやらずばなるまい。

丈右衛門は深川元町に戻り、町を歩きまわってせがれの姿がないか、探ってみた。

どうやら文之介と勇七はききこみの場所を移したらしく、二人の姿はなかった。

よし、よかろう。丈右衛門は探索を開始した。

最初は、文之介のあとをひたすら追っている感じだった。手がかりどころか、手がかりにつながりそうなものすら得られなかった。途中で昼をまわり、町の至るところから魚を焼いたり、菜が煮られたりといった匂いがわきだすように漂ってきたが、かまわず調べを進めた。

そんな形で裏店や表店、一軒家、商家などに虱潰しのようにききこみを続けたが、しかし午後も収穫は得られなかった。

冬の短い日が暮れ、闇が頭上から早足でおりてきた。寒さはさらに厳しくなり、丈右衛門の体を締めつけてくる。

さすがに腹が減っている。このまま帰る気はなかった。どこかで腹ごしらえをしたかった。

どこかいいところはないか、と考え、少し歩いてみた。深川常盤町にうまい魚を食べさせる煮売り酒屋があったのを思いだした。

大喜戸という店で、ここ何年も来ていなかったが、健在だった。大きな提灯が道を明るく照らしており、なかからははやくも酔ったような高い声がきこえてきている。

縄暖簾をくぐる。いらっしゃい、という威勢のいい女の声が浴びせられた。

「あれ、御牧の旦那、こりゃずいぶんと久しぶりですねえ。——あんた、来てみなさいよ。珍しいお人が見えたわよ」

奥に向かって声を張りあげる。なにか煮ていたらしい奥の厨房から、なんでえ、といいつ真っ白な頭にがっちりとねじり鉢巻をしている男がのっそりと出てきた。

「あれ、ほんとだ。こりゃ珍しいや」

「ねえ、もうすっかりお見限りで」

女房が声を合わせる。

「いや、来たかったんだが、隠居ともなると、なかなかな」

「まあ、そうなんでしょうねえ」

あるじがいい、女房が座敷の右手に案内し、間仕切りを立てた。

「でもよくお忘れにならずにいらしてくれました。うれしいですよ。なんになさいます」

「鮟鱇（あんこう）はあるかい」

「もちろんですよ。鍋（なべ）でいいですか」

「ああ、頼む。飯ももらおうか」

この店は独り者が多い江戸者のためか、小さな鍋で一人前ぴったりにつくってくれる。

それで足りなかったら、また追加すればいい仕組みになっていた。

「お酒は飲まれますよね」

「いや、やめておく。今日はうまい魚で腹ごしらえに来たんだ」

鮟鱇を食べている最中、酒の誘惑に駆られたが、なんとかこらえた。鮟鱇鍋をつつきながら酒を飲まなかったのは、おそらく大人になってからはじめてだろう。

さてそろそろいいかな。

丈右衛門は立ちあがり、代を支払った。またおいでください、との声に送られて道に踏みだす。途端に寒風が体にからみつき、鮟鱇であったまった体が一気に冷えた。

折りたたんである小田原提灯を懐から取りだし、火を入れる。風のせいでなかなかつかなかったが、大喜戸と隣の家のあいだの路地にもぐりこんでなんとか灯せた。

丈右衛門は体を押し戻そうとする風に逆らって、また深川元町に向かった。

昼間と殺しがあったと思われる刻限では、家にいる者の数がちがう。昼間に会えなかった者も今は帰ってきているはずだ。

これは現役の頃、よくやった手法だ。昼間に会った者でも、ときを合わせることで思いだしてくれたことがかなりあった。

丈右衛門は精力的に元町をまわってみた。

そしてついに一つ、もしかすると思える耳寄りな話をきけた。

殺しのあった場所の近所の裏店に住む老婆で、昼間は別の場所でほかのばあさん仲間と集まって、着物の手直しをしているとのことだ。大人用を子供のものにしたり、すり切れたようなものを下帯にしたり、ぼろに近いものを雑巾にしたりしているという。

「その咳きこんでいた男、というのはまちがいないかい」

「そりゃまちがいないよ。こう見えてもまだ耳は達者だよ。目も足もそうだけどね、はっきりとこのおっきな耳できいたよ」

これまで六十六年生きてきて、耳にしたことのないような激しい咳きこみ方だった、とのことだ。

「冬だからな、風邪っぴきではないのか」

「あたしも風邪はよくひくけど、あんな苦しそうな咳はしたことないね」

「たとえば喘息（ぜんそく）のような感じかな」

「喘息の人のってきいたことないからなんともいえないんだけど」

丈右衛門は息を一つついた。

「日は、娘が殺された晩でまちがいないか」

「そうよ。あの晩よ。まちがえっこないわ」

「刻限は」

「五つをすぎたくらいだったと思うけど、はっきりわからないねえ。あたしゃ、もうその刻限には夜具のお世話になっちまっているからね。うるさい咳をする人がいるなあ、と思ったけど、すぐに寝入っちまったし」

「これまできいたことのない咳といったが、近所にはそういう者はいないのかな」

「あたしゃ生まれてずっとこの町に住んでるけど、一度もないねえ。もしかしたら忘れちまってるだけで一度くらいあったかもしれないけど、ここ何年もきいたことはないねえ」

不意に老婆がぺろりと舌をだした。六十六とは思えないきれいな色をしている。

「どうした」

「このことさ、調べに来たお役人に話してないんだよ」

「どうして話さなかった」

文之介のきき方が悪かったのか。

「まず怪しい者の姿を見てないかきかれたからね、見てないよ、って正直に答えたんだよ。それにさ、あの態度と言葉づかいはないよね。えらく横柄でがさつだったよ」

丈右衛門はほっと息をついた。吾市だな。あの野郎、まるで変わってねえみてえだ。

老婆に礼をいって裏店をあとにした。

これはまちがいなく手がかりだろう。咳きこんでいた男が下手人かはむろんわからないが、もしかすると突破口になるかもしれない。

よし。丈右衛門は首を深くうなずかせた。これで文之介の手柄につながってくれれば。

明るい期待を持って、丈右衛門は道をずんずんと進んだ。一日中動きまわっていたのに、ほとんど疲れは感じない。

俺もまだまだ若いな。

ふと、お知佳のことが頭をかすめた。この寒さのなか、ちゃんと食べているだろうか。お勢は風邪をひいていないだろうか。

行きたくてならなかったが、なんとかこらえた。大喜戸で酒を我慢したよりつらかったが、頻繁に足を運んで、いい歳をしているのに恋心を抱いているのでは、と長屋の者やお知佳に思われるのがつらい。

まあ、いい。明日、はやい刻限に行ってみよう。

お知佳の顔を思い浮かべた。その思いをさますような寒風が吹きすぎ、次いでもっと冷たいものが背筋を走っていった。

正直、殺(や)られたと思った。それだけ強烈な斬撃(ざんげき)だった。

かすられたのがわかったがぎりぎりでかわせたのは、いまだに丈右衛門の体内のどこかにひそんでいる獣のおかげだった。

丈右衛門は提灯を投げ捨て、脇差(わきざし)を抜き放った。襲撃者に向き直る。

「何者だ」

「俺だよ」

あの若い浪人だ。

「おまえか」

丈右衛門はにらみつけた。

「どうしてこんな真似をする」

浪人は答えない。

「しかしあんた、やっぱり遣えるな。驚いたよ。これではやり方を変えんと、討てんな」

暗闇のなか、かすかに苦い顔をしたようだ。すぐに表情を戻すと、にやりと笑った。

「また狙（ねら）わせてもらう。くれぐれも身辺には用心してくれ」

きびすを返すや、浪人は夜の深いところへ向かって駆けていった。

八

丈右衛門が帰ってきたのは、五つ半を少しすぎた頃だった。左手の袖（そで）のところがすっぱりと切れている。血も垂れていた。

「なにがあったのです」

目をみはって文之介はたずねた。

「なんでもない」

「なんでもないということはないでしょう。手当をします」

「いや、いい。医者へ行く」

丈右衛門がお春にやさしい目を向ける。

「なんだ、お春、まだいたのか。こんなおそくまで、文之介と二人だったのか」

「別になにもありませんでしたから、安心してください」

お春がまじめな顔でいう。当たり前だ、と文之介は毒づきたかったが、今はそういう場合ではなかった。

お春がすがるような光を瞳に宿した。

「なにか胸騒ぎがして帰れなかったんです」

「そうか。でも、心配はいらん」

「でも――」

「おい、文之介」

「ええ、今送ってゆきます」

「ちがう。ちょっと来てくれ。話がある」

隣の間に親子で座った。こうして丈右衛門の顔を正面から見るのはずいぶん久しぶりのような気がした。

「話ってなんですか」

「それなんだが」

丈右衛門の口から言葉が紡がれる。

きき終えて、文之介は驚いた。咳をしていた男という手がかりのことよりも、父がお美由殺しの探索を行ったことに、だった。

文之介は馬鹿にされたように感じた。父上、と激しくつめ寄る。

「そんなにせがれが信用できぬのですか。頼りなく見えますか」

「いや、そういうわけではない」

丈右衛門は、まずかったかな、という顔をちらりとした。

「医者に行ってくる」

そういって立ちあがる。一滴二滴と血が落ちて、畳を汚した。丈右衛門は懐から手ぬぐいを取りだし、拭き取った。

「しかし頭にくるな」

少しは風もおさまってきたようで、提灯の揺れはさほどのものではなくなっている。

「でもおじさまも、文之介さんのことが心配なのよ」

お春が真摯な目を向けてくる。

「それに下手人を捕縛できれば、それに越したことはないじゃない。誰が手がかりをつかんだとか、そういうのはあとまわしにしたほうがいいわよ」

文之介がなにもいわないのを見て、言葉を継ぐ。

「それに、丈右衛門さまが文之介さんのことを信用してないなんて、決してないわ。目を見ればわかるもの」

姉と同じことをいう。

「いや、俺が怒っているのはそんなことではない。どうしてあんなふうに斬られたのか、それをいわんことだ。父上にあれだけのことができるなんて、相当の遣い手だぜ。おそらく不意を衝かれたんだろうが、父上も肝を冷やしただろうな」

「それは気がかりだわ。――でも文之介さん、おじさまのことがやっぱり心配なのね」

お春がうれしそうに笑う。

「それはそうさ。あれでも実の父だ」

「おじさまにいわせたら、文之介さんのほうが、あれでもわしのせがれだ、っていうことになると思うけど」

お春を三増屋に送り届けた。ただし、あまりにおそくなったので、ここは詫びておいたほうがよかろうと文之介はお春に続いてなかに入った。

「よくいらっしゃいました」

文之介は、あるじの藤蔵に座敷に招き入れられた。藤蔵におくれて、女房のおふさがやってきた。茶を盆にのせている。

「どうぞ、お召しあがりください」

勧めてきたが、おふさはわずかに眉をひそめ気味にした。

「お茶はまずかったですか。眠れなくなってしまいますものね。お酒にしますか」

「いや、お茶でいいよ。ありがとう、さっそくいただく」

熱くてうまかった。飲み干して、文之介は二人に詫びをいった。

「いえ、とんでもない。いつも娘がお邪魔をし、お詫びを申すのはこちらのほうです」

「私は邪魔なんかしてないわ」

「お春、もう寝なさい」

「ええっ、まだ眠くないのに」

「いいからはやく」

頬をふくらませて廊下を下がっていった。

藤蔵は笑顔を向けてきた。

「いつまでも子供でしょうがありませんよ」

「子供ということはあるまい。もう十七だろう」

「まだ十七といったほうがよろしいのではないかと」

「しかし、その歳で嫁に行く者など、さして珍しくもないぞ」

「その通りですが、まだその気はございますまい」

藤蔵の言葉におふさがにっこりと笑う。切れ長の目にふっくらとした頬がきれいだ。

娘は男親に似るというが、お春は母親に似ている。仮に藤蔵に似たとしても、美しい娘に育っただろうが。

「お春は、父上の嫁になる気でいるのかな」

藤蔵はくすりと笑いを漏らした。横でおふさも同じ表情だ。

「まさかそのようなことはございますまい」

「しかしあの態度を見せられると、ぞっこんのように思えるが」

「なついているだけでございますよ」

「しかし、もし父上とまちがいがあったらどうする。父上だって男だぞ」

「丈右衛門さまはそのようなことをされるお方ではございません。万が一にもそんなことはございませんよ」

その言葉からは、藤蔵が父に寄せる厚い信頼が感じ取れた。

「だがなぜお春は父上に」

藤蔵がおやっという顔をした。

「それをおききになりたいのでございますか」

「ああ、父にきいても答えてくれんし」

藤蔵は思慮深げな顔になった。

「そうですか。丈右衛門さまはお話しくださいませんか」

文之介は身を乗りだした。

「やはりなにかあるのだな」

「いえ、そういうわけではございませんで」

藤蔵は微笑とともに否定した。

文之介はむろん納得がいかない。

「どうして話してくれんのだ。話してはまずいことなのか」

藤蔵はやわらかく首を振った。

「いずれ丈右衛門さまからおききになれますよ。手前が請け合います」

九

話をきいた又兵衛は深くうなずいた。

「ほう、激しく咳きこむ男か。なるほど、確かに手がかりだな」

翌朝、出仕した文之介は又兵衛に会い、父のつかんだ男の話をした。さすがに事件の解決に結びつくかもしれないことで、又兵衛に報告せずにはおけない。

「しかし風邪っぴきということはないんですかね。冬ですから、咳をしている者はいくらでもいますよ」

「丈右衛門がちがうっていってんだろう。だったら風邪じゃねえな」

文之介は、目の前に座る上司の満足げな顔を目の当たりにして気づいた。

「なるほど、事件のことを父に話したのは、桑木さまですね」

「ずいぶんきつい調子でいうじゃねえか」

又兵衛は余裕の笑顔だ。

「できるやつの脳味噌と体をつかうのは悪いことではあるまい」

笑みを消していい添える。

「決しておまえを信用しておらんということではないぞ」

その言葉に嘘はないような気がして文之介は、又兵衛にも父とお春のことをたずねた。

「ふむ、そのことか」

むずかしい顔で考えこむ。

「丈右衛門にきけ」

「いえ、父は話してくれぬのです」

いいながら、文之介ははっと頭にひらめくものがあった。

「まさかそれがしに関係しているのですか」

だから誰も俺には口にできない。

「いや、そういうことではない。おまえに関係していることなら、わしはむしろ話すぞ。

秘密にしたくはないからな」

文之介はじっと見た。

又兵衛は真剣な表情だ。狸（たぬき）だからなんともいえないが、こればかりは真実をいっているように思えた。

「父に口どめされておられるわけではありませんよね」

軽い気持ちでいってみた。

「馬鹿者っ」

いきなり怒鳴られた。

「わしをなめとんのか。おまえから見ても丈右衛門に頭があがらないところがあるように見えるのはいたし方ない。だからといって、いっていいことと悪いことがあるぞ」

指を突きつけてきた。

「文之介、そのだらしない顔をいつまでもわしの前に置いとくな。とっとと仕事に出ろ」

怒鳴ることで又兵衛にごまかされたような気がした。

どうにも釈然としないものを抱きつつ、文之介は表門のところで勇七と落ち合った。

「いやあ、今日も寒いですねえ」

勇七が両手で肩を抱き、身を震わせた。

「冬だからな」

二人で門を出る。

「なにか浮かない顔ですね」

「まあな」

「なにかあったんですか」

歩きつつ文之介はお春と父のことを話した。

「どいつもこいつもどういうことなのか、話したがらねえ」

「不思議ですねえ」

うしろで勇七も首をひねる。

「でも、桑木さまの旦那には関わりがないっていうお言葉に、嘘はないように思えますよ」

「ほう、どうしてだ」

「口と金離れが悪いお方ですが、腹にはなにもないですからね。旦那にきかれて嘘は口にしないと思いますよ」

しばらく黙っていたが、思いついたように勇七が続ける。

「なにかお春ちゃんに知られたくないから、誰もが黙っているってことじゃないですか」

「なんだよ、だとしたら俺はまるで信用されてねえってことじゃねえか」

「信用がないのは事実かもしれませんねえ」

「勇七。殴るぞ」

「いえ、まあ、冗談ですがね」

「冗談にきこえなかったぞ」

「とにかく、旦那はお春ちゃんに最も近いお方ですから、それでなにかの拍子にお春ちゃんの耳に入ることを怖れているのかもしれないですよ」

「俺がお春に最も近いだって。勇七、なに寝言をいってんだ」

「あれ、ちがうんですか。お春ちゃん、旦那と一緒にいるときが一番楽しそうに思えるんですけどねえ」

「なに、本当か」

「いや、ちがいますね。これはきっとあっしの勘ちがいですよ」

「でも、お春の耳に入れたくないことか。それは十分に考えられるな」

文之介は勇七を振り向き、父のつかんだ手がかりのことを話した。

「えっ、そうなんですか。さすがにご隠居ですねえ」

「俺とはちがうか」

「旦那、そんなにひがまないでくださいよ。旦那の悪い癖ですよ、ひがみ根性は」

ひがみ根性だと。文之介の険しい視線に気づき、勇七があわてていい足す。

「ですから、旦那はまだ経験がないだけですよ。いい筋しているのは確かなんですから。あとは経験だけ。がんばりやしょう」

「そうか、経験だけか。よしわかった。一所懸命仕事に励み、経験深い同心になってやる」

「これで機嫌が直るんだから、楽なもんだよな」

文之介は振り向いた。

「なんだ、なにかいったか」

「いえ、あの、今どちらに行こうとしているのかそれをきいたんですよ」

「ああ、話してなかったな。今向かっているのはお美由の父親のところだ」

深川北森下町にある裏店は冬のわびしい陽射しに照らされ、さらにもの悲しく見えた。今日は昨日ほどの風はないが、それでも寒いことは寒い。日のあるところはいいが、建物の陰などは寒気が風呂敷でも広げたように居座っている。

お美由の父親の多田吉はやや元気になっていて、それ自体は喜ばしかったが、激しく咳をする男については心当たりはなかった。

お美由の友であるお孝、お美由が働いていた串木屋の主人の佐井造にも話をきいたが、誰もがむなしく首を振るのみだった。

「でもおまえさん」

佐井造のうしろでつつましく文之介の話をきいていた女房が、夫の背中をつついた。

「前さ、激しく咳きこんでいるお客さん、いたじゃないの」

「ええ、そうか。覚えてねえな」

「いつのことだ」

文之介は女房にきいた。

「ええと、そうですねえ、かれこれ一月くらい前ですかねえ」

「人相を覚えているか」

「すみません、あまり。ただはじめて来たお客さんだったのはまちがいないです」

「誰かと来ていたのか。それとも一人か」

「確か、一人でしたね。店が一番混んでいるときに入ってきたのをなんとなくですけど、覚えています。ああ、そうそう。あんまり咳きこむものだから、まわりのお客から、とっとと帰って寝たほうがいいぜ、なんていわれたりして。ほかにも風邪で咳きこんでいる人はいましたけど、その人の咳は明らかにちがいました。すごく苦しそうで、喘息持ちのように感じられましたよ」

「来たのはその一度きりか」

「ええ、そうだと思います」

「男に関し、なにか思いだせることはないか。たとえば歳格好はどうだ」

女房は考えこんだ。

「歳は五十すぎですかね。体格は肩幅が広くてがっしりとしていたようにも思えますけど、なんとも……」

「顔はどうだ。目に目立つところはなかったか。細い、大きい、鋭い、ちんまりしている」

「いえ、覚えてないです」

女房がすまなそうにいう。文之介は気にすることはないというふうにうなずいた。

「男にとっとと帰ったほうがいい、といったのはなじみ客か」

「ええ、そうだったと思います。あの人はなんていったかしら……。ねえあんた、眉間(みけん)のところにちっちゃな傷がある人、なんていったっけ」

「ああ、それなら力五郎(りきごろう)さんだろう。子供の頃、喧嘩(けんか)で眉間を角材で殴られたっていってたから。でも最近、顔を見せねえな。どこかよそにいい店でも見つけたんかな」

「その力五郎というのはどこに住んでいる」

「ああ、近くですよ。でも今は仕事に出てるはずです。大工ですから」

「どこの普請(ふしん)場で働いているか知らんか」

「申しわけありません」

力五郎の住まいをきいて、文之介たちは串木屋をあとにした。

「その激しい咳の男が串木屋に来ていたというのは手がかりですね。串木屋にたまたま入って、お美由さんを見つけたんですかね」

「ちがうな」

文之介は言下に否定した。

「どこかで見かけ、店が一番混んでいる刻限を狙ってやってきたんだろう。そうすれば顔を覚えられずにすむ」

「なるほど。その力五郎って大工、顔を覚えてますかね」

「期待は大きいがな。だが、あまりいいほうに考えねえほうが落胆せずにすむ」

串木屋のある深川石島町から扇橋、新高橋と渡った。着いたのは深川西町だ。

この町の表店に力五郎は住んでいるとのことだ。自身番につめている町役人によれば、力五郎はまだ独り身で、やはり仕事に出かけているとのことだった。

幸い町役人の一人がどこの普請場にいるか知っていた。本所柳原町四丁目とのことで、文之介たちはすぐに向かった。

竪川近くの普請場に力五郎はいた。

名からしてがっちりした男を想像していたが、力五郎は大工としては小柄でやせていた。だがこの冬のさなかに一枚の半纏しかまとっておらず、しかも寒さをまったく苦にしていなかった。半纏からにょきと突き出た腕の太さと張りからして、かなりの大力の持ち主であるのが知れた。

文之介はさっそく、激しく咳きこんでいた男のことをただした。

「ああ、覚えてますよ。あれはもう、えらい苦しそうにしてましたよ。いっちゃあなんですけど、あんなのにそばにいられちゃあ、せっかくの酒がまずくなるだけなんで、きつくいっちまいましたけど。もっともあれ以来、肝の臓の具合がよくないんで、酒は飲んでないんですがね」

力五郎は顔をあげた。

「あの男がどうかしたんですかい」

「いや、まだはっきりしたことはいえん。人相を覚えているか」

力五郎は途端に自信なげになった。

「いえ、あまり……」

「今から人相書を描く者を呼んでくる。顔形を教えてやってくれ」

それでできあがった人相書を各町の自身番に配った。

「期待できますかねえ」

勇七がいう。

「期待するしかねえだろ」

第三章　殴られ中間（ちゅうげん）

一

人相書を配って二日ほどたつと、多くの自身番から、そういう者がいるとの知らせがもたらされはじめた。

それら一つ一つを文之介たちは潰（つぶ）していったが、ほとんどの者が風邪による咳で、人相書にも似ていなかった。

結局この日も、各町の自身番から持ちこまれた知らせをひたすら処理することだけに追われて終わった。

どの町に勇んで出かけても無駄足を踏むばかりで、ひたすら疲労だけが着物に染みこむ雨のように体を重くさせてゆく。

「やっぱりうまくいかねえもんだな」

文之介は首を振りつついった。

「でも、まだあきらめることはありゃしませんよ」

「勇七、おめえ、ずいぶん物事をいいほうに考えるようになりやがったな」

「いえ、まあ、暗く考えてもいいことはありゃしませんからね」

「なんだ、なにかいいことでもあったのか。たとえばお克と遊びに行ったとか」

「まさか。そんなことがあったらもっと喜んでますし、旦那にちゃんと報告しますよ。でも、なんでも明るく考えられるようになったのは、この前お克さんのお顔を見られたおかげですけど」

お顔ねえ、と文之介は思った。そういういい方と最もかけ離れている女だと思うが、好みばかりは人それぞれで、自分が口をはさむことではない。

文之介と勇七は奉行所の門をくぐった。

「よし、勇七、今日はここまでだ。ご苦労だった」

一礼して勇七が長屋のほうに戻ってゆく。文之介も体を返し、門脇の入口に入ろうとした。そのとき姿を見せた先輩の石堂に声をかけられた。

「おい文之介。きいたか」

その呼び声をきいて、勇七がぴたりと足をとめたのが目に入った。

「なにをです」

「では、知らんのだな」

石堂の顔は、ようやく話せる者を見つけたという喜びに輝いている。

「鹿戸さんが一人引っぱってきたんだ。今、詮議(せんぎ)所に入れられている」

ぴんと来た。

「お美由殺しの下手人ですね。人相書に似てますか」

石堂は首をひねった。

「似ているといえば似ているな」

「確信はないのですね」

「まあ、そういうことだ」

勇七がこちらをじっと見ている。文之介は手をあげ、呼び寄せた。

「とらえられたのは何者です」

「名は鉄三郎(てつさぶろう)、喘息(ぜんそく)持ちで激しい咳をする町人だ」

「住まいはどこです」

「南本所石原町とのことだ」

文之介は頭に絵図を広げた。

「お美由が殺された場所から北へ半里ほどですかね」

「まあ、だいたいそんな見当だろうな」

「土地鑑はどうなんですかね。深川北森下町や元町あたりに詳しいんですか」

「そのあたりはまだわからねえ」

「その鉄三郎は、犯行を認めたんですか」

「まだだ。お美由なんて女は知らないし、串木屋なんて店にも一度だって行ったことはない、っていっているらしい」

串木屋の主人夫婦と大工の力五郎に、面を見てもらうためにすでに来てもらっているとのことだ。

「三人は、店に来ていた男だと？」

「いや、三人ともわからないというように首を振るのみなんだよ。似ているような気もしますし、ちがうような気もします。鹿戸さんはずいぶん苛立ってるよ」

「石堂さんの感触はどうなんです。その鉄三郎という男は、女を殺しそうですか」

「顔だけじゃわからんがな。女には持てそうな男だ。生業もいわねえし」

「それはちょっと引っかかりますね」

「だろう。それにさ」

石堂が声をひそめる。

「お美由が殺された晩、どこにいたのかどんなにきかれても決して口にしねえんだよ。それが鹿戸さんたちの心証をひどく悪くしてるんだよな。しかもさ」

文之介の気を惹くように言葉を切る。

「鉄三郎には前科があるんだ。五年ほど前、別れ話がこじれて女を殴り、怪我させてるんだ。傷は軽かったからたいした咎めではなかったが、それで一度牢に入ってるんださ」

「鉄三郎という男なのかな」

石堂とわかれて文之介は勇七にいった。

「ちがいますよ。下手人ではありません」

勇七は断言した。

「どうしてそういえる」

「いっちゃあ悪いですが」

ささやくような声に落とす。

「あの旦那には、本星をあげられるだけの運はありゃしませんぜ」

「おめえにしちゃあ、なかなか気の利くことをいうじゃねえか」

文之介は納得した。

「とすると、下手人はほかにいるってえこったな」

明くる日、文之介と勇七は自身番をめぐり歩いた。

しかし、人相書に合致する男を見つけだすことはできなかった。

日が暮れてから重い足を引きずるように奉行所に戻り、勇七とわかれると、詰所の入口のところで吾市に呼びとめられた。

「おい、文之介」

「おめえ、なんでまだお美由殺しの探索をやってるんだ。俺への当てつけか」

「鉄三郎が下手人と決まったわけではないからです」

「へん、いうじゃねえか。でもな、もう無駄なことはやめたほうがいい。鉄三郎が下手人なんだよ」

「自白したのですか」

「いや。だがもうときの問題さ。そうだ文之介、いいことを教えてやろう。お美由が殺された晩、鉄三郎の野郎を深川北森下町で見かけたやつがいるんだよ」

「でも、それが下手人であるという証拠にはなりませんよ」

「だったら野郎はあの晩、偶然あの町を歩いていたっていうのか」

「考えられんことではないでしょう」

「ふむ、おめえみてえな能天気が考えそうなことだな」

「それに、鉄三郎を見たという者の言葉だって、果たして真実を衝いているか」

「なに。俺の調べが半端だっていうのか」

「その者は、鉄三郎の顔をはっきり見たといっているんですか」

「ああ、そうだ」

「夜なのにですか」

「鉄三郎は提灯を持ってたんだよ」

「提灯を持っていた。それはおかしいですね」

「同心がなにをいってやがる。夜の町を提灯を持たずに歩くことは禁じられているじゃねえか」

「その言葉が、盗人や押しこみに通用しますか。ましてや、人を殺したばかりの者が提灯を掲げて堂々と歩いているとはとても考えられないですよ」

「提灯を持たずに歩いてるほうがよほど怪しく見られるって思ったのさ」

「顔を見られるほうがいやだと思いますよ」

「口の減らねえ野郎だ」

吾市は舌打ちした。

「だが、その男は見たってはっきりいってんだよ。だから、今さらおめえが口をはさむことじゃねえんだ」

吾市がにらみつけてきた。文之介は平然と見返した。

「その男は信用できるんですか。鉄三郎とはどういう関係です」

「ある商家の番頭だよ。鉄三郎とは口をきいたこともないが、何度か顔を見かけたことがあるっていってる」

「その番頭は、どうして鉄三郎がここにいるのを知ったんです」

「町役人にきいてやってきたんだ」

「それで、あの晩、鉄三郎を見たと教えたんですね。どうしてわざわざそんなことをしたんでしょう。そんなことをせずとも、鉄三郎が本当に下手人ならいずれ死罪ですよ」

「鉄三郎が頑として犯行を認めないのを知ったんだろう」

「誰からです」

「出入りの岡っ引とかだろう」

「その岡っ引から話はきいたのですか」

吾市はつまった。

文之介は深く息を吸った。

「もう一度いいます。鉄三郎が下手人かどうか、まだはっきり決まったわけではありませんし、なにより桑木さまから待て、がかけられてもいません」

「だがそれも無駄な働きだ。責めにかけて吐かせるってのがもう決まったも同然なんだ。すでにお奉行を通じてご老中への許しも求めているんだよ。ご老中のお許しが出次第、拷問に取りかかる」

必ず吐かせてやるよ、楽しみにしておきな。そういい置いて、吾市は詰所の入口を入っていった。

拷問ときいて、文之介は気が重くなった。

二

はっと目を覚ましたときには部屋のなかは明るさで一杯だった。

しまった、寝すごした。

いつもはまだ薄暗い頃には起きているのだ。文之介はあわてて夜具から起きあがり、着替えようとした。

あっ、と気づいて夜具に倒れこんだ。今日は非番だった。

あわてて損したな。ごろりと寝返りを打つように仰向けになった。目をつむる。

しかしたっぷりと寝たせいで、もう眠れそうになかった。文之介は起きあがり、さっさと着替えた。

屋敷内はがらんとし、冷え冷えとしていた。父は出かけているようだ。

井戸で顔を洗ってから台所に行き、冷えきった飯を食べた。昨晩お春がつくってくれた味噌汁も火にかけるのが面倒くさいので、冷たいままで飲んだ。飲んでから、あたためればよかった、と後悔した。

茶だけはちゃんといれて飲んだ。あたたかみが腹にしみた。

外から声がした。誰か呼んでいるようだ。

庭に出てみると、仙太たちがそろっていた。

「ねえ、遊ぼうよ」

「おめえら、俺がいねえと遊べねえのか」

「なにいってんの。文之介兄ちゃんこそおいらたちが遊んでやってんのに。それとも誰かほかにいるの」

むっとした。

「いねえよ。悪かったな。俺の相手をしてくれるのはおめえらだけだ。もうありがたくて涙が出るよ」

「ねえ、遊ぶの遊ばないの」

四半刻後には、いつもの原っぱで子供たちと鬼ごっこをやっていた。

鬼ごっこのあとはまた剣術ごっこだった。

結局子供たちにさんざんに叩(たた)かれ、文之介はばたりと倒れて死んだふりをした。

「あれ、文之介の兄ちゃん、動かなくなっちゃったよ」

「死んだのかな」

「でもぴくりとも動かないよ」

「ちょっとくすぐってみればわかるよ」

これは仙太の声だ。

「文之介の兄ちゃん、くすぐりにえらく弱いんだよ」

「よし、やってみよう」

六人がいっせいに体をこちょこちょやりはじめた。文之介はじっとこらえていたが、さすがに耐えきれなくなり、笑ってしまった。

「もうやめてくれ。死にそうだ」

それでもやめない子供たちを払いのけるように立ちあがり、五間ほど走って逃げた。

「おめえら、腹、減ってないか」

くるりと立ちどまって文之介はいった。もう昼をだいぶまわっている。

「減ってる」

「ぺこぺこだよ」

「なにが食いたい」

「おごり」

「ああ、遊んでくれたお礼だ」

やったー、と子供たちは大喜びだ。

「俺、稲荷寿司（いなりずし）」

「おいら、天麩羅蕎麦（てんぷらそば）」

「俺はおでん」

「ちょっと待て。一つにまとめろ」

子供たちは顔を寄せて相談をはじめ、その結果、天麩羅蕎麦に決定した。

みんなで近くの蕎麦屋に繰りだした。店は玉乃屋（たまのや）といい、文之介も子供の頃からのなじみだ。

「おやまあ、大勢でいらっしゃい」

店主の女房が驚く。

「二階、あいてる」

「どうぞ、おあがりになってください」

二階座敷は十畳ほどあるが、客はほかにいなかった。

子供たちは転げまわったり、寝ころんだりしている。

「おまえら、ちゃんとしてろ。その小汚え体をなすりつけられちゃあ、畳がかわいそうだ。ほら、とっとと起きろ。起きねえと天麩羅蕎麦はやめて、ただのかけにしちまうぞ」

その言葉はてきめんで、子供たちはすぐに起きあがり、正座した。

「いや、まあ、そこまでかしこまらなくてもいいんだ。どうもおめえらにはあいだってものがねえな」

女房がお茶を持ってあがってきた。

「なんにします」

お茶を置きながらきく。

「天麩羅蕎麦を七つ」

仙太が注文した。いいんですか、という顔で女房が文之介を見る。文之介は黙ってうなずいた。

「四半刻くらいかかるから、ちょっと待っててね」

女房がおりていった。

「そんなにかかるのかよ」

「なあ、かかりすぎだよ」

「客をそんなに待たして商売やってけると思ってるのか」

「おまえら、勝手いいやがって。だったら、やっぱりかけにするか。すぐにくるぞ」

文之介がいうと、子供たちは素直に、待ちまーすといった。

四半刻もたたないうちに、天麩羅蕎麦がやってきた。

「みんなを待たしちゃ悪いってんで、うちの人、一所懸命つくったのよ」

「ありがとう、おばさん」

文之介は畳に並んだ天麩羅蕎麦を眺めた。

「おう、こりゃうまそうだな。よし、やっつけちまおう」

その前に子供たちは天麩羅をほおばりはじめていた。

熱い汁にしみた衣が実にうまい。ごま油のかすかに浮いた汁と蕎麦切りを一緒にすすりあげると、この世にこれ以上うまいものはないのでは、と思えるほどだ。

至福のときはやがて終わり、文之介は箸(はし)を置いた。

「ここの蕎麦切りは本当にうまいな」

すっかり満足して茶を喫した。

「ねえ、文之介の兄ちゃん、仕事のほうはどうなの」

仙太がきいてきた。

「まずまずってとこか」

「ねえ、深川で殺された女の人のこと、調べてるんでしょ」

「よく知ってるな」

文之介は湯飲みを置いた。

「ねえ、殺された人、数珠(じゅず)を握らされてたんでしょ。どうして下手人がそんなことしたか、わかったの」

仙太がいい、保太郎が続けた。

「文之介の兄ちゃんの顔を見る限り、まだわかってないみたいだね」

「おいらたちで考えてやろうよ」

子供たちは真剣に考えはじめた。

文之介はふと気づいた。

「おい仙太、どうして数珠のことを知っているんだ」

奉行所の者以外は知らない事実だ。

あとは死骸を見つけた年寄りだが、かたく口どめしたはずだ。

三

仙太の父親は力五郎と同じで大工だ。火事が多い江戸では大工が多く、いたるところにごろごろしている。深川には大工町と名のつく町まであるくらいだ。

文之介はさっそく普請場に赴いた。

「ああ、これは御牧の旦那。いつもうちの餓鬼が世話になっておりやす」

仙太の父親の健造がていねいに挨拶した。仙太がよく文之介に遊んでもらっていることを知っている。

「忙しいところをすまんな」

「いえ、そんなのはいいんですが。あの、今日は」

うなずいて文之介は語った。

「ああ、そのことですか」

おとといの晩、半月ほど前にできあがったある長屋の完成祝いで料亭へ行き、座敷で飲んでいるとき、長屋の家主がそう口にしたのだという。

家主は本所松井町(まついちょう)一丁目に住んでいた。

「ああ、はい、そのことでございますか」

家主もおととい、ある茶店できいたという。新しい長屋に四組目の店子が決まり、引っ越しがいつになるかなどの打ち合わせをした帰り、寄った茶店でのことだった。

「ええ、そこの主人と北森下町で殺された娘の話をしていたら、割りこむようにしてきた男がいたんですよ」

「どんな男だ」

「ええ、手前がこれまで会ったことのない男でしたね。顔はほんの一言二言話しただけですので、ほとんど覚えてないのですよ。それに割りこんできた割に、うつむき加減でしたから。……歳は五十をすぎているような気がしました」

「そうか、五十すぎか」

文之介は懐を探り、常に所持している人相書をだした。

「似ているか」

家主はじっとのぞきこんだ。

「あまり似ているとは思えませんねえ」

「そうか」

「えっ、この人相書の男が娘殺しの下手人なんですか」

「まだわからんのだ。もう一度見るか」

文之介は手渡したが、やはりよくわからないようで家主はすぐに返してきた。

「ああ、そうそう。手がかりになるかどうかわかりませんが」

家主が首をうんうんとうなずかせていう。

「その男、茶店を出るとき激しく咳きこんでいましたよ。あんまり苦しそうなんで、大丈夫ですかいって声をかけたんですけど、なにもいわずに行っちまいました」

文之介は急ぎ足で茶店へ向かった。

茶店は深川万年町(まんねんちょう)二丁目にあり、宮崎屋(みやざき)といった。向かいに寺がいくつか並んでおり、すぐそばが海福寺(かいふくじ)という寺だった。

「ええ、はい、その咳きこんでいた男なら覚えてますよ」

「知った顔か」

「いえ、はじめてじゃなかったですかね」

あるじは一人の若い娘に顔を向けた。

「なあ、お都志ちゃん、あの男はこれまで来たことがないよな」

娘が寄ってきた。おっと文之介は目をみはった。どうやら宮崎屋の看板娘のようだ。

しかしずいぶんきれいだな。お春よりは落ちるがお佐予よりはいいな。

文之介は背筋を伸ばし、軽く咳払いした。

「おまえさん、名はなんていうんだ」

娘はくすっと笑った。

「どうして笑う」

「だってご主人に呼ばれたのに」

えっ、と思った。

「ああ、そうか。おとしちゃんだったな。どういう字を当てるんだ」

お都志が教える。

「よろしくお願いします」

「いや、こちらこそ。長いつき合いを望みたいものだ。——いつからここに」

「半年ほど前です」

「えっ、そんなになるのか。迂闊だったな」

「どうしてです」

小腰をかがめるようにきく。

そんな仕草にも気立てのよさが伝わってくるようで、文之介はお春のことを忘れて惚れそうだった。

「いや、おまえさんのようなきれいな娘がいる茶店のことを半年も知らなかったなんて、損をしたものだって思ってさ」

「まあ、お上手を」

「いや、本当のことさ。俺はいつも上手をいえない男っていわれてるんだから」

「あの、旦那」

横から主人がいった。

「咳の男の話はいいんですか」

「ああ、そうだったな。お都志ちゃん、顔を覚えているかい」

「はい、少しだけなら。私がお茶を持ってゆきましたから」

文之介は人相書を取りだした。

「似てるかな」

お都志は手に取り、見つめた。

「いえ、似ていません」

きっぱりと首を振った。

「といっても、顔はあまり覚えていないんです。でも、無精ひげが生えてもっと全体に薄汚れた感じがしました。着物もくたびれてましたし」

「その男の顔についていろいろきいたら、それがきっかけでもっと思いだせそうな気がするかい」

「ええ、それはあると思いますけど」

「よし、すぐに人相書の達者を呼んでくるから、待っててもらえるかい」

「ええ、はい。私でお役に立てることでしたら喜んで」

文之介は、潤んだように見える黒い瞳に見つめられて、頭がくらっとしそうになった。抱き締めそうになり、あわてて我を取り戻す。

「あの、どうされました」

「いや、なんでもない。すぐ戻ってくるから、待っててくれ」

四半刻もかからずに文之介は奉行所に走りこんだ。

「あれ文之介、おまえ、今日非番だろう」

文机で書き物をしていた石堂にいわれた。

「なんだ、どうしてそんなに汗をかいてんだ。おまえ、今が冬だってこと、忘れちまってるんじゃないだろうな」

ようやく息が落ち着いてきた。文之介は急いで事情を語った。

「なに、本当か。よし、俺は今すぐ池沢さんを連れてくる。おまえはその茶店まで先導してくれ」

池沢というのは人相書を得意とする同心のことだ。名は斧之丞。

四半刻後、文之介はまた宮崎屋に戻った。お都志と主人は店に客を入れずに文之介の帰りを待っていてくれた。

「そんなに汗をかかれて。お水を飲まれますか」

「頼む。こちらの四人にも」

石堂と池沢、そして二人についている中間の二人も息をぜいぜいと吐いている。

紙と筆を取りだした池沢がお都志から、男の人相をきき取りはじめた。特徴をききだし、すらすらと描いてゆく。

その様子を眺めながら、文之介と石堂は縁台に腰かけ、あるじがだしてくれた茶をすすった。

「おい文之介、これで犯人捕縛ってことになったら、おまえ、一番の手柄だぞ」

我がことのようにいってくれるのが文之介もうれしかった。

「でも、どうやって探りだしたんだ」

「運がよかっただけですよ」

どういう形でこの茶店までたどりついたかを話した。

「なるほど、一緒に遊んでいた子供が発端か。でも、探索の仕事だって運を味方につけなきゃ、うまくいくはずもないからな。それに、おまえが子供に好かれているっていう事実ははずせんよな。もしほかの誰かさんだったら、そんなこと、決してあり得んものな」

誰かさんてのはいわずともわかるだろ、といいたげな顔で笑いかけてくる。

文之介は苦笑いを返し、茶を飲んだ。

暮色がそろそろおりはじめていた。暮れるまでにはまだ半刻近くあるだろうが、西へ大きく傾いた太陽には、こんなのは本来の自分ではない、というような光の薄さがほの見えている。風は冷たく、縁台の下の足がじんじんと痛いような感じになってきた。

ふと、なにか違和感を覚えた。最初はそれがなにかわからなかった。

誰かに見られている。

さとった文之介は注意深くあたりを見まわした。

目に入るのは、道沿いに店を広げている物売りとそれに見入っている客や、せわしげに歩いてゆく商家の者たちだ。

すぐそばに店をだしているのは、包丁や鋸、煙管に鉄瓶、壺に扇子まで小物の類をなんでも三十八文で売っている店だ。昔は十九文屋といわれたが、時代がくだるにつれて値も倍になり、今は三十八文という呼称に変わっている。

あと、店をだしているのは富くじ売りだ。そこにも何人かの客がたかっている。

道の向かいにも茶店があるが、そこには穏やかに談笑している者がいるだけで、誰も文之介には注目していない。

半町ほど離れたところにも同じような茶店があり、茶や甘酒を手にしているらしい客の姿が何人か見えるが、やはり一人として注視している者がいるようには思えない。

文之介は首をひねった。いつからか視線が消えていた。

「どうした」

石堂にきかれた。

「いえ、なんでもありません」

文之介は池沢とお都志のほうを見た。

何枚か反故をだしたようだが、今、一枚の出来あがりをお都志が瞬きもせずに見つめている。納得したように深くうなずいた。

「似ていると思います」

「まちがいないかい」

池沢がやさしくきく。

「わしに気をつかう必要はないんだよ。そっくりになるまで徹底して描くのがわしの流儀だからね」

「いえ、これは似てます」

お都志はきっぱりといった。隣にいたあるじがのぞきこむ。

「おぬしはどう思う」

池沢が問う。

「似ているような気もしますが、あっしはどうにも自信がないですねえ」

「そうか」

池沢は少し残念そうにいい、文之介に視線を移した。

文之介は立ちあがり、そばに寄った。差しだされた人相書に目を落とす。

「こいつがそうか」

お都志のいう通り、薄汚れた男がそこにはいた。

薄いひげが頬(ほお)と顎(あご)に葛(かずら)の蔓(つる)のようにまとわりついているのが、まず目に飛びこんできた。眉は薄く、目はふつうの大きさといったところか。口は小さく、寝ていない耳はひらいた貝のように見える。

文之介はさらに見続けた。しかし犯罪者らしいにおいをつかむことはできなかった。

それにほとんど表情が出てないな、と文之介は思った。必死に思いだしてくれたお都志にはすまないが、これもあまり期待しないほうがいいのかもしれない。

四

翌朝、文之介はいつもよりはやめに出仕した。期待しないほうがいいとわかっていても、やはり新しい人相書によってもたらされる新たな知らせを心待ちにする思いだった。

まだはやいせいもあり、詰所のなかには誰もいない。火をおこした火鉢の前に座り、手をすり合わせてあまりうまくもない茶をすすっていると、入口を入ってきた影があった。

「旦那」

勇七だ。声は低く抑えているが、血相を変えているのは一目でわかった。

「どうした」

「若い娘が殺されたそうです」

「なんだとっ。どこでだ」

「いや、それが——」

勇七が発した言葉がすんなりと耳におさまらない。

「なにをいっているんだ」

辛抱強く勇七が繰り返す。

今度は理解できた。

「そんなことがあってたまるか。だって昨日会ったばかりなんだぞ」

「えっ、会ったばかりってどういうことです」

勇七にきかれ、文之介は昨日のことを話した。

「ああ、そうだったんですか」

「それより勇七、まちがいねえのか」

「ええ、ついさっき来た深川万年町の自身番の使いはそうと」

勇七とともに表門を出ようとして、出仕してきた石堂にぶつかりそうになった。

「なんだ、どうしてそんなにあわてている」

文之介は話した。話しているうちに涙が出そうになってきた。

「なにっ」

石堂も驚愕（きょうがく）をあらわにした。

「文之介、今から向かうんだな。だったら、俺はあとから来る人たちにそのことを伝えよう」

「お願いします」

深川万年町までが実に遠く感じられた。昨日は四半刻もかからなかったのに、今日はもう一刻以上もかかっているような気がした。

自身番へまず行った。ほかの町では丁目ごとに自身番を設けている場合が多いが、万年町は一丁目、二丁目だけしかないこともあって、自身番は一つになっている。

町役人に連れられて、その場へ行った。

まだ朝日の射しこんでいない、万年町一丁目の暗くせまい路地だった。太い道から一本入ったその路地には霜が厚くおりていて、踏むとさくさく鳴った。

娘が仰向けになっている。前垂れをつけていないくらいで、着物は昨日のままだ。

文之介は近づき、かがみこんだ。霜でうっすらと白くなっている顔をじっと見る。

まちがいなかった。こうしてじかに目にするまでは一縷(いちる)の望みを抱いていたのだが、目の前に横たわっているのは、宮崎屋の看板娘のお都志だった。

「家人には」

そばに立つ町役人にきいた。

「ええ、奉公先のあるじにきいて使いを走らせました。中川町(なかがわちよう)だそうですから、おっつけやってくるものと」

年老いた町役人は痛ましい目をしている。

「あのお役人、亡くなったのは宮崎屋という茶店の――」

「いわんでいい。知っている」

手を伸ばし、文之介はお都志にそっと触れてみた。冷えきっており、それが無性に哀れに思えた。検死役の医師の紹徳が来るまで死骸は動かせない。それが、あまりにかわいそうだった。

お都志は、赤い房と黒檀の珠の数珠を握らされている。同じ下手人によるものだ。

文之介は、お都志の首を両手でていねいに持ちあげた。案の定、首筋には小さな傷が残されていた。

くそ。心中でつぶやいて文之介は目を閉じた。どうにもならない憤怒が体を突き抜ける。この手で下手人をくびり殺したい衝動を抑えきれない。手がぶるぶる震えてきた。拳を握り締めることで震えをとめようとしたが、できなかった。

火の玉のような怒りが体を突きあげ、それとともに文之介は立ちあがった。

「旦那、大丈夫ですかい」

勇七が心配そうに声をかける。

文之介は大きく息を吐き、気持ちを静めた。高ぶった気持ちのまま探索をしてもうまくいくはずがないのは、いくら経験が浅いといってもわかる。ここは冷静にならなければ。

文之介は懐から手ぬぐいを取りだし、顔や襟元に浮かんだ汗をふいた。

やがて紹徳が小者を連れてやってきた。

「ご苦労さまです」

文之介は頭を下げ、お都志の元へ連れていった。

両手を合わせてから紹徳は死骸をあらためはじめた。さほどときはかからずに検死は終わった。紹徳の話では、命を奪ったのはお美由と同じく首の傷、そして手込めにはされていない。

「殺されたのは、六つから九つまでのあいだでしょう。二人目とは、とても残念ですよ」

小者をしたがえて去ってゆく紹徳を見送った文之介は、自らの迂闊さを恥じるしかなかった。どうして下手人らしい男が宮崎屋に行ったのか。それを考えもしなかった。しかも、昨日は眼差しらしきものも感じたのに。

あれは下手人のものだったのではないのか。きっと近くにいたのだ。

昨日、そのことに思い当たっていれば、下手人をとらえていたかもしれない。

あまりの情けなさに、文之介は自らを思いきり殴りつけたくなった。

又兵衛が石堂や吾市たちを連れてやってきた。

「紹徳さんは見えたか」

「先ほど」

文之介は紹徳の見解を伝えた。

「そうか。お美由と同じ下手人だと考えていいな」

又兵衛がじっと文之介を見ている。

「どうした。なにを沈んだ顔をしている」

文之介は理由を語った。

「ちょっと来い」

又兵衛に石堂たちからやや離れたところに連れてこられた。

「下手人の意図、存在に気がつかなかった無念さはわかる。しかしな文之介、昨日奉行所に帰ってきたとき、おまえは男のことをわしに伝えたではないか。気がつかなかったのはわしも同じだ。もしわしが娘に張り番をつけるなりしていたら、娘は救え、下手人もとらえられたかもしれん。だから、娘が死んだのはおまえのせいなどではない」

又兵衛は文之介の肩を叩いた。

「それにな、一番悪いのは娘を殺した下手人だ。そいつを捜しだし、捕縛することしか娘の無念を晴らす道はない。しっかりやれ」

又兵衛の言葉は胸に響いた。ありがたかった。だが、それで文之介の悔いが消え去ることはなかった。

「桑木さま、二親が来たようです」

吾市が近づいてきていった。

「それがしがききましょうか」

吾市が申し出る。

「いや、わしがやろう」

又兵衛が、娘の遺骸近くに不安そうに立っている二人に歩み寄っていった。つき添うように宮崎屋のあるじも一緒だった。

五

又兵衛のきき取りによれば、いつもはおそくとも六つ半には帰ってくる娘が夜が更けても戻らず、一度は父親が宮崎屋まで行ったが、宮崎屋では六つを少しすぎた刻限に帰したことがわかった。

父親はさらに捜したが、娘を見つけることはできなかった。いったん長屋に戻ったが、夫婦ともども一睡もできなかった。

「まさかこんなことになっているなんて」

遺骸の上にくずおれた母親の姿。文之介は一生忘れることはあるまい。

今、文之介は勇七と二人で、犯行を見た者がいないか、万年町界隈を片っ端から当たっているところだった。すでに昼をだいぶすぎているが、なに一つとして手がかりは得られていない。

「しかし俺は情けねえ男だよな」

文之介はとぼとぼ歩きながら力なく口にした。

「そんなことはねえですよ」

「いや、俺は駄目男だ」

「いや、もうそれだって何度もききましたよ。旦那、もう自分をいじめるのはやめにしたほうがいいですよ」

文之介ははあ、とため息をついた。

「旦那、しっかりしてくださいよ」

勇七が励ます。

「旦那は力はあるんですから」

「駄目だよ、勇七。そんなのはさ、買いかぶりだ」

文之介は泣き言を漏らした。

「俺は情けねえ男だ。同心には向いてねえや。やめたほうがいい」

ふと気づくと勇七が立ちどまり、じっと見ていた。決意したようにうなずく。

「ちょっと旦那、ついてきてください」

それまでのやさしい口調から一変していた。

「どこへ」

「いいから黙ってついてきてください」

勇七は文之介の襟元を引っぱるようにしてぐいぐいと道を進んでゆく。

「ちょっと待て、勇七。てめえ、なにしやがんだ。おい、手を放しやがれ」

しかし勇七の力はゆるまない。

「おい、本当にどこへ行くんだ。これじゃあ深川から離れちまうじゃねえか」

勇七は口をかたく引き結んで答えない。

やってきたのは、昨日子供たちと遊んだばかりの原っぱだ。子供の頃は、勇七ともよく来たものだ。

勇七の父の勇三は丈右衛門に中間として仕えており、その縁で文之介と勇七は幼い頃からの知り合いだった。知り合いどころではなく、友といってよかった。

「なんだ、こんなところに連れてきて」

文之介がいった途端、頰がばしっと激しく鳴った。

「痛えっ。てめえ、なにしやがんだ」

頰を押さえて文之介はにらみつけた。

「しっかりしろよ、おめえ」

やくざ者のような口調で勇七がいう。

「なんだと」

「女々しいんだよ。おめえみてえな野郎はおめえのいう通りだ、同心に向いてねえや。さっさとやめちまえ」

「おまえ、よくもそんなこと。誰に向かっていってるかわかってんだろうな」

「当たり前だ。北町奉行所一の大馬鹿同心だ。いや、大阿呆同心でもいいや」

「よくもそんなこと」

「なんだ、文句があるのか」

「大ありだ」

「だったら、手討ちにでもしてみろ。ふん、そんな度胸、ありもしねえくせに。お都志ちゃんの遺骸を目の当たりにしたときの怒りはどこに行っちまったんだ。弱音ばっかり吐きやがって、もううんざりなんだよ。この弱虫の泣き虫が」

「弱虫の泣き虫だと」

「ああ、子供の頃、さんざんそういわれて他の町の子供にいじめられてたじゃねえか。今もまったく変わってねえってこった。おめえはまったく成長がねえ、ただの餓鬼だ」

「もう許さねえ」

「許さねえってなにをするつもりだ。どうせまた口先だけなんだろう」

「この野郎っ」

叫びざま文之介は殴りかかっていった。拳が勇七の顎をとらえそうになったが、よけられた。横から拳がきた。頬に強烈な衝撃を受け、文之介はよろけた。

文之介のなかで怒りが沸騰した。勇七に突っこんでゆく。勇七の腰のあたりに組みついたが、膝蹴り(ひざげ)りが来た。

腹にまともに入り、息がつまった。それから首筋に打撃。意識が遠のきかけたが、勇七からすばやく離れて首を振った。

もう一度飛びこむ。腹に拳を浴びせようとした。避けられた。しかし、上に振り抜いた左の拳が勇七の顎をとらえた。

勇七がのけぞり、たたらを踏んだところをさらに拳を見舞った。今度は頬を打った。勇七が倒れこむ。

文之介は馬乗りになり、勇七の顔へ拳をぶつけた。一発、二発、三発。勇七の顔が苦痛にゆがむ。

四発目を振りおろそうとして、文之介は、むっ、と腕をとめた。見えているはずなのに、勇七は拳をよけようとしない。

「わざと殴られてんな」

文之介は大きく息を吐き、勇七の上からどいた。荒い息づかいとともに、原っぱに横になる。

空が見えた。冬らしい青空だが、どこか寒々しい。子供の頃、こうして勇七とよく喧嘩をした。あの頃は身分など関係なかった。思いきり殴り合ったものだ。

「すいませんでした」

「なにを謝る」

文之介は洗濯されたように気持ちがすっきりしている。

「謝るのは俺のほうさ。勇七のいう通り、本当に大馬鹿だよな。愚痴ってる暇があったら、探索に力を入れればいいのに。勇七、ありがとう」

「いえ、そんな。……本当にすみませんでした。どんな罰でも受けます」

「罰だって。だったら勇七、俺がまた弱気を見せたり、女々しいことを口にしたら、さっきみてえに思いっきり殴ってくれ」

「いえ、もうしませんよ。今回限りです」

「それは困るな。俺は馬鹿だからよ、また同じようなこと、繰り返しちまうに決まってるんだ。な、頼んだぜ」

「いや、できませんて」

「なんだよ、俺がこんなに頼んでいるのになんで駄目なんだ」

「怒らないでください。わかりましたよ。もし、もしですよ、また同じようなことがあったらここに連れてきます」

「頼む。――いや、待てよ」

文之介は頬をなでさすった。

「いや、やっぱり思いきりっていうのはやめてくれ。ちょっとは手加減してもらったほうがいいな。おめえの張り手は痛すぎる」

文之介は腕を枕代わりにした。横で勇七も同じ格好になった。

上空の強い風に吹き流されているらしい小さな雲が、真上を横切ってゆく。その下を飛んでいるかもめも風に押されて、まっすぐ飛べていない。

「ああ、そうだ。拳はなしだぞ。おめえの拳は子供の頃からかたくて痛えんだ。それから、あの膝蹴りも駄目だ。息がつまって死ぬかと思った。ふむ、こんなところかな」

「いろいろ注文があるんですね」

「当たり前だ、俺はおまえのあるじだぜ」

文之介は勢いよく立ちあがった。

「よし勇七、お都志の無念を晴らすぞ」

六

勇んだものの、結局昨日はなんの収穫もなく一日が暮れていった。

今日は又兵衛から、お都志が関係している者を残らず当たってみるように命じられた。

「文之介、おまえがあらためてきくことでなにか知り得る事実があるかもしれん」

そういって又兵衛は送りだしてくれたのだ。

「なあ勇七、下手人はお都志にうらみがあったとかそういうことではなく、まちがいなく獲物として殺したような気がするんだが、どうかな」

永代橋を渡り、道を左に取る。

「お美由さんと同じですね。ええ、あっしもそう思います」

歩きつつ文之介は腕を組んだ。

「お美由とお都志、この二人が知り合いってことはあるのかな」

「旦那はどう思ってるんです」

「思いこみはいけねえが、そういうことはないように思えるな」

今向かっているのは、深川中川町のお都志の両親のところだ。

昨夜からせまい長屋ではじまった通夜は今も最中だった。線香の濃い煙が路地まで漂い、女のものらしい泣き声がいくつか届く。

多くの者が長屋に集まり、入りきれなかった者は路地にあふれている。

悲しみに打ちひしがれている者から事情をきくのは拷問も同然と思えたが、ここは下手人捕縛のためにやらねばならないことだった。

近所の者たちの冷たい視線を浴びつつ文之介は問いを続けたが、新たに得られたことはなかった。お都志の両親は、昨日又兵衛に話したことをただ繰り返すのみだった。長屋の者にもたずねたが、手応えのある言葉を返してくる者は皆無だった。

「旦那、立派でしたよ」

「勇七、ほめるな。俺はなにもしちゃいねえ」

木戸を出て、二人は歩きはじめた。

「お都志と最も親しかったのは、おまさって女だよな。昨晩来たらしいが、今日はどうしても来られねえってのはどういうことだ」

おまさが働いているのは、深川清住町（きよすみちょう）にある木元（きもと）屋という饅頭（まんじゅう）屋だった。

大川に面した通りに店はあり、一人で切り盛りしている娘がおまさのようだった。子供や年寄りが多いが人がかなり集まっていて、繁盛しているのが知れた。

お都志と同じ年頃の娘は一所懸命に働いている。それがおとといのお都志の姿に重なって、文之介は目頭が熱くなった。

しばらく離れたところに立ち、客がいなくなるのを待った。

「ごめんよ」

文之介は店の前に立った。

「いらっしゃいませ」

明るい声でいったが、文之介の黒羽織を見てはっと身をすくませた。

「おまさちゃんだな。俺がなんの用で来たか、わかるよな。ちょっと話をきかせてくれねえか」

「はい。あの、でも昨日別のお方がいらっしゃいましたけど」

「いや、こういうのは別の者がまたあらためて話をききに来るようになっているんだ」

「そうですか。あの、ここを離れなきゃまずいですか」

「いや、いいよ。俺と話をしている最中は、誰もやってこねえだろう。商売の邪魔をして悪いが」

「いえ、そんなのはいいんです。でも、お都志ちゃんの葬儀に行けないのは、この店を休めないからなんです」

「あれだけここの饅頭を楽しみにしている客がいたら、休めねえよな」

「いえ、そうじゃないんです。おとっつあんが長患いしてて、薬代を稼がないとならないんです。一日休んだら、それだけで払いに窮するくらいなんで、とても……」

おまさは申しわけなさと悔しさからか、涙をためている。

「とっつあんの病は」

「労咳（ろうがい）です」

どうやらこの娘が一家の暮らしを支えているようだ。母親がどうしているのか、文之介は知りたかったが、さすがにそこまで口をだせることではない。

ふとうしろを見ると、勇七も痛ましそうに娘を見ていた。

「そうか、たいへんだな。といっても、俺にはおまえさんの本当のたいへんさなんかわかるはずもないんだが」

おまさはぺこりと頭を下げ、涙を指でぬぐった。

「さっそくだがいいか。お都志に好き合っている男はいたのか」

「いえ、いなかったと思います。いえ、いなかったです」

「お都志にいい寄ってきたような男は」

「何人かいました。あの通りの器量で、気立てもよかったものですから」

「そのなかで、袖にされた者は」

「全員です」

「お都志は想い人がほしくはなかったのか」

「いえ、想い人はいました」

「誰だ」

「五年前に、病で死んでしまった人です。まだその人のことが忘れられなかったみたいです」

「五年前というと、お都志はいくつだったのかな」

「十六です」

「そんなにいい男だったのか」

「いえ……あの」

「そうか。おまえさんの好みではなかったか。世の中いろいろいるからな。俺の身近にもそんなのが一人いるよ」

ちらりと勇七を見やってから、文之介は目の前の饅頭に目をとめた。

「これ、もらっていいか」

「あ、はい。どうぞ召しあがってください」

「ちゃんと金は払うよ」

熱々の、よそよりやや大きめと思える饅頭を二つ手にし、一つを勇七に手渡してから、がぶりとやった。

「砂糖を惜しまずにつくってあるな。うめえぞ。疲れが吹っ飛ぶ感じがするな。——お都志が、うらみを買っていたようなことは」

「いえ、まさか。みんなに好かれる子でしたから、うらみなんて」

「袖にされた者のなかで、うらんでいるような男は」

「お都志ちゃん、いってたんですけど、みんなさっさとほかの女をつかまえて、いい寄ってきたのはいったいなんだったんだろう、って不思議がっていました」

「そうか。最近、誰かにつきまとわれていたような話はきいてないか」

「いえ、そういうのはなにも」

だろうな、と文之介は思った。だからあれだけ屈託なげな顔を見せていたのだ。

「おまえさん、お美由って娘を知らねえか。この前、殺されたんだが」

「いえ、この前、娘さんが殺されたのは知っていましたが、その人がおみゆさんという人なのははじめて知りました」

文之介はちらりと道の両側を見た。客とおぼしき者たちがうらめしげな顔で見つめていた。お預けを食っている犬のように、今にもよだれを垂らしそうだ。

「ありがとう、忙しいところ、すまなかったな。これで終わりだ」

代を払って文之介は体をひるがえした。

「あの、お役人」

おまさに呼び止められて、文之介は振り返った。

「なんだ」

「あの、お都志ちゃんを殺した下手人、必ずつかまえてもらえますか」

「ああ、約束するよ。まかせとけ」

文之介は胸を叩くようにいって、道を歩きだした。

その後、宮崎屋の主人やなじみの客を漏れなく当たり、お都志が誰からもうらみを買っておらず、身の危険を感じていなかったことをあらためて確認した。

冬の短い日ははやくも暮れはじめている。町はぼんやりとした薄闇(うすやみ)に包まれ、急速に冷えてきた大気に押されるように足早に道を行く人たちの顔も、すでに見わけがたくなっていた。

「なあ勇七、殺された二人に、ともに当てはまるものってなんだろうな。それがあるからこそ下手人は二人に惹(ひ)かれ、殺したんだよな」

「そうなんでしょうね。二人ともきれいで若く、店の看板娘でもありますよね。ほかになにかありますか」

「そうなんだよな。俺もそれ以外、さっぱり出てこねえんだ」

「案外、きれいで若い、それだけで殺したのかもしれないですよ。――旦那、大丈夫ですかね」

勇七が心配そうにいう。

「なにが」

「いえ、お克さんですよ。狙われねえですかね」

文之介は啞然(あぜん)とした。

「おめえ、本気でいっているのか」

「もちろんですよ」

太陽が地平の彼方に姿を消し、一気に深まった闇のなか文之介たちは奉行所に戻った。

勇七とわかれ、文之介は詰所に入った。

吾市は先に戻ってきていたが、文之介のほうを見ようとしなかった。そそくさと屋敷へ帰っていった。

「おい文之介、鹿戸さん、ばつが悪いんだな。やっぱり顔を合わせねえもの」

石堂が笑っていう。

「鉄三郎は解き放ちになったよ」

「ああ、そうなんですか」

文之介は胸をなでおろした。拷問に遭う前で本当によかったと思う。もっとも、鉄三郎はお都志が殺されたことで助かったのだ。これも皮肉だった。

「おい文之介、鉄三郎な、お美由が殺された晩、なにしていたと思う」

「いったのですか」

「いや、名乗り出てきたんだよ、これがさ」

石堂は小指を立てた。

「女が、あの晩は私と一緒にいましたって。それがある商家の女房なんだよ。旦那が病気で臥せってて、子供の頃からの知り合いの鉄三郎とできちまったそうだ」

「鉄三郎を見たっていう番頭というのはまさか」

「そういうことだ。それまで主家の女房の不義を苦々しく見てきて、これはまたとない機会だと鉄三郎をはめようとしたのさ」

「番頭はどうなったのです」

「牢屋だ。昔ならまちがいなく死罪だろう。今はだいぶゆるくなってきたが、それでも軽くはねえな。おそらく江戸払い以上にはなっちまうだろうな」

それでも命があるだけましだな、と文之介は思った。

「鉄三郎と女房はどうなるんです。不義は法度ですが」

「病身の旦那も大袈裟にすることはあるまい。たぶん、内済だろうな。どこでもやってることだ」

七

ぱちりと小気味いい音が響く。

「おっ、そこにきやがったか」

丈右衛門は盤面を見つめて顔をしかめた。茶を飲んで、喉を潤す。

「おかわりをお持ちしましょうか」

藤蔵が頬にゆったりとした笑みを浮かべつつ、きく。

「もらおうか。しかし余裕の顔だな。くそ、なんとかひっくり返してえもんだが、これはちっと無理かな」

「おかわりを頼んできます。そのあいだ、手前の駒を動かしちゃいけませんよ。すぐにわかるんですから」

「そんなせこい真似、するか」

「いえいえ、旦那は将棋となると見境がなくなられますから」

「そんなことはない。俺は常に落ち着いたものだ」

「そういうことにしておきましょう」

藤蔵が立ち、襖をひらく。ゆったりとした仕草で外に出ていった。

「しかしむずかしいな。本当に動かしてやりてえが、一つや二つ動かしたくらいじゃ、引っ繰り返すのは無理だな。くそっ、まいったな」

三増屋の庭の奥に建つ離れは静かなものだった。火鉢が盛んにはぜていて、ちょうどいいあたたかさになっている。外はそろそろ暮れてきてかなり寒くなっているはずなのに、この部屋は春のようだ。

「むしろ暑いくらいだったら、頭が働かねえっていいわけになっていいんだが。このあたり、ここの家の者は心得ているからなあ」

夏に来ても、暑いということは決してない。秋、とまではいわないものの、常によそとは異なる涼しさがある。

失礼します。お盆を持った藤蔵が襖をひらき、目の前に正座した。盤面を見て、にっこりと笑う。

「ごまかしはされなかったみたいですね」

「当たり前だ。ずるして勝ってもうれしくねえよ」

「それは感心なことで」

藤蔵が湯気があがる鉄瓶から急須に湯を注いだ。しばらく待ち、湯飲みに注いだ。

「どうぞ」

「おう、すまねえな」

湯飲みを手にしたが、まだ丈右衛門には熱すぎて飲まずに置いた。

「すみません」

「なにを謝る」

「丈右衛門さまの猫舌を忘れておりました」

「いや、そんなことはいいよ。猫舌で不便を感じたことはねえんだ。こうして冷めるのを待てばいいことだ。それより俺こそすまねえな、待たせて」

「いえ、かまいませんよ。長考、大歓迎です。こうしてのんびりできますから」

藤蔵は湯飲みを取りあげ、ゆっくりと茶をすすった。

「藤蔵、おめえ、いつからそんな皮肉をいうようになったんだ」

「前からでございますよ」

「そうだったかな」

丈右衛門は茶を用心深く口に含み入れた。

「相変わらずいい茶だな。うめえや」

「ありがとうございます。でも旦那、将棋など打っていていいんですか。また娘さんが殺されたとききましたが」

丈右衛門は盤面の金を手にした。

「ああ、今回は当分動くつもりはねえ。勝手をして怒られちまったからな。若い者にまかせるよ。俺が現役のときだって、隠居した親父がしゃしゃり出てきたことがあったが、正直おもしろい気分じゃあなかった。――これでどうだ」

金はやめ、銀を前に動かした。

「そこですか」

藤蔵が眉根にしわを寄せた。

「しかしまさか二人も殺されるなんて……」

「ああ。やつも心に突き刺さっただろうな。同心としては、次の犠牲者を防げねえと、どうにもならない情けなさを覚えちまうものなんだ」

藤蔵が盤から目をはずし、丈右衛門をしみじみと見ている。

「なんだ、どうした」

「いえ、旦那は文之介さまがかわいくて仕方がないんだなあ、と思いましてね」

「まあな、たった一人のせがれだ。かわいくねえはずがねえよ」

「文之介さま、昔っからお気がやさしい子でしたね。お春が近所の子にいじめられていると、いつもどこからか飛んできてくれましたし」

「そうだったな。でも、体があまり大きくなかったからな、いつもかなりやられて泣いてばかりいたが、ことお春に限っては決して引かなかったものな。男たる者、好きなおなごの前ではああでなきゃならん」

藤蔵が王の横に飛車を飛ばしてきた。

「くそ、そこか。いやなところをいつもいつも見つけやがるぜ」

丈右衛門は額の汗を手のひらでぬぐった。再び長考に入る。

「あれだけお世話になったのに、どうしてお春の気持ちは旦那なんでしょう」

丈右衛門は藤蔵を見た。

「なに、お春が気がついてないだけさ。あいつが送ってゆくときすごくうれしそうな顔をしているし、俺の肩をもんでいるときだっていつも文之介を捜しているからな。屋敷に入り浸っているのも、文之介の顔見たさじゃないかと思うぜ」

なるほど、と藤蔵は相づちを打った。

「俺が文之介の縁談を断っているのも、二人の気持ちを思ってのことだ」

「えっ、そうだったんでございますか」

「でも別にお春がどこに嫁ごうとおまえさんの勝手だぜ」

「いえ、とてもありがたいお話です」

藤蔵は深く頭を下げた。文之介のことに話題を戻す。

「あと、やくざ者にいじめられているお百姓とか、お侍に打擲(ちょうちゃく)されている町人を放っておかれずにとめていらっしゃいましたよね」

「そうだったな」

丈右衛門は懐かしかった。それが今ではいっぱしの定町廻り同心だ。

「弱虫だったくせに、身のほど知らずというか向こう見ずというか」

藤蔵が、ふふ、と笑いをこぼした。

「いったいどなたに似たのでしょう」

八

文之介は父を見習い、勇七とともにお都志が殺された場所の近所の者に詳しく話をきいた。お都志が殺されたときに合わせて、ききこみをしてみた。

だが、なにも得られなかった。

疲れがじっとりと体を浸してゆくが、こんなのでめげてはいられない。

お都志の言から描かれた人相書が配られた各町の自身番からは、相変わらず多くの知らせが寄せられている。

それらも一つ一つ文之介たちは潰していったが、有益なものは一つもなかった。

他の同心たちも同じで、手札を預けている岡っ引たちの探索も手づまりとの話をきいている。

文之介は空を見た。今日は雲が多く、太陽は出たり隠れたりを繰り返している。そのせいで午後になってもほとんどあたたかくならず、かといって風はそんなに冷たくはなく、さして寒くはない。

「明日あたり、雨があるかな」

このところずっと降っていない。晴れが続くのはきらいではないが、こう大気が乾いてくると、いつ大火が起きても不思議ではない。

「そうですねえ、そろそろ降ってもらいたいところですよ」

勇七も空を見あげている。

「それはそうと勇七、腹はどうだ」

「空いてます」

「俺もだ。なにが食いたい」

「いえ、なんでもいいですよ」

「うどんでも久しぶりに食ってみるか」

「いいですねえ。このあたり、いい店、ありましたっけ」

今文之介たちがいるのは、深川久永町二丁目だ。目の前を仙台堀が流れ、荷を積んだ船が行きかっている。この町にも人相書に似ている者がいるとのことで、やってきたのだ。

「おい勇七、匂わねえか」

勇七が鼻をくんくんさせた。

「あっ、本当だ。これは、だしの匂いですね。でもうどんですかね」

「蕎麦だっていいよ。この匂いはいい物をつかってあるのがわかる。とにかく近くにうまい物を食わせる店があるってことさ」

二人は匂いに導かれるようにして道を進んだ。少しせまい路地の前に文之介は立った。

「この奥だな」

「そうみたいですね。でも、こんなせまい先に店があるんですかね」

「知られざる名店なんてのは、こういうところにひっそり店を構えたりしているものさ。

勇七、行こう」

せまい路地を半町ほど行ったとき、不意に右手に暖簾があらわれた。戸はきっちりと閉められているが、なかから客たちが食べているらしい音が盛んにきこえてくる。

「見ろ、うどん屋だぜ」

「どうしてわかるんです。暖簾にはなにも書いてありませんよ」

「蕎麦とは音がちがう。すすりあげる音が太いんだ」

勇七が耳を澄ませる。

「そうですかねえ。あっしにはわかりませんや」

戸をあけて入った。なかはせまい土間にあがり框、それに八畳ほどの座敷があるだけだった。そこに客が一杯だ。

いらっしゃいませ。あたたかみのある声がふんわりと体を包みこんできた。

「あれ、これはお役人。こちらははじめてでございますね」

ねじり鉢巻をした小柄な親父が、湯気で白くかすんでいる厨房から声をかけてきた。

「あたたかいのと冷たいの、どちらにいたしますか」

文之介は客たちの食べているのを見た。ほとんどの丼から湯気は立っていない。こんなに寒いのにこちらを選んでいるというのは、よほどうまいからだろう。

「じゃあ、冷たいほうを二つ」

勘定を払うために立った三人連れの客のあとに文之介たちは座った。

残った六、七人の客たちは落ち着かなげだ。

「すまんな、気にせず食ってくれ」

文之介はいったものの、客たちはどんどん食べ終えては店を出てゆく。

結局、文之介たちにうどんが出てくるまでに残った客は一人もいなかった。

「お待ちどおさま」

親父がうどんを持ってきた。

「すまんな、商売の邪魔をしちまった」

「いえ、いいんですよ。うちに来るのは脛に傷持つような者ばかりでしてね。あっ、こんなことといっちゃあ、まずかったかな。いや、でも今は真っ当に働いている者ばかりです」

「わかっているよ。どれ、さっそくいただこうか」

文之介はお盆を受け取り、丼の一つを勇七にまわした。

烏賊刺しのような透明な白さの上に刻み葱と大根おろし、鰹節がのり、ぶっかけだしが小さな徳利に入っている。

さっそくだしをかける。箸をつかい、飲みこむように食べた。腰のあるうどんに旨みの濃いだし、それに大根や葱、鰹節の味が絡まって絶妙だ。

「親父、これはうまいな」

「ありがとうございます」

親父が目尻(めじり)と頰のしわを深めて、にっこりと笑う。

「これなら、冬のさなかにみんなが食べているのもわかる。うどんは上方(かみがた)のほうが本場ときくが、どこかで修業してきたのか」

文之介は問いつつ、さらにうどんを口に入れた。

「いえ、そういうわけではございませんで。はなはあっしも蕎麦屋に奉公していたんですが、うどんのほうが好きになっちまって、それで打ちはじめたんです」

「誰にも教わらずここまでか。苦労したんだろうな」

「いえ、苦労なんてとんでもない。好きなことですから、つらいなんて思ったこと、一度だってありゃしませんよ」

「そうか。そういうのを仕事にできているというのはうらやましいな」

「旦那はちがうんですかい」

親父が興味深げに見ている。

「まだ大甘のお顔をしてなさるが、仕事はお好きな感じがいたしますよ」

「大甘か」

「おっと失礼を申しあげちまった」

親父は額をぱちんと叩いた。

「申しわけございません。年寄りのたわごとです。おきき流しください」

「謝らんでもいいよ。自覚している」

文之介は笑いかけた。

「ところで、この店はなんていうんだ。看板は出てないし、暖簾にも記されておらん」

「名なんかありゃしませんよ。ただのうどん屋ですから」

文之介たちは満足して店を出た。

「でも今の親父、相当自信を持ってますね」

「まあな。自信がなきゃ、ただのうどん屋だなんていえやしねえものな」

それから、文之介はお都志が殺された場所近くのききこみを丹念に行った。

実際、近くに住む者たちを虱潰しにしたが、結局はなにも得ることができなかった。

夕暮れ間近を知らせる薄闇というべきものが、梢の陰や路地裏の軒下などに漂いはじめている。

今日も駄目なのか、と文之介が暗澹として思ったとき、ふと目の前に小さな人影がいくつか立った。

目の前にいるのは仙太だった。いつもの五人の仲間がうしろに控えるようにしている。

「こんにちは、文之介の兄ちゃん」

「おう、もう、こんばんは、でもいいくらいだが」

「文之介の兄ちゃん、ちょうだい」

仙太が手のひらを差しだしてきた。

「なんの真似だ」

「先にお小遣い、ちょうだい。くれたら、手伝ってあげるから」

「手伝うって？」

「だって探索のほう、うまくいってないんでしょ」

文之介はにらみつけた。

「おまえら、事件のことを調べようっていうのか」

「だって、役に立ちたいんだもの。文之介の兄ちゃん、放っておけなくてさ。それでみんなで相談して、手伝おうっていうことになったんだ」

なあ、とばかりに仙太がうしろを向く。仲間たちは深くうなずいてみせた。

「馬鹿。おまえらに手伝いなんか、頼めるものか」

「あれ、おいらたちのこと、信用していないの。あれ、そうだったんだ」

「信用とかそういうんじゃない。気持ちだけ受け取っておく。それに、危ない目に遭うかもしれんのだぞ」

「大丈夫だよ」

「大丈夫じゃない」

文之介は怖い顔をつくった。

「大丈夫だよ。おいらたちの逃げ足、文之介の兄ちゃんも知ってるでしょ」

「おまえらは確かにはやいが、悪人どもっていうのはそれ以上なんだ。おまえらなんて、簡単につかまっちまう」

文之介は表情をやわらげ、懇願した。

「頼むからやめてくれ。もし怪我でもされたら、俺はいったいどうしたらいいか。それに怪我ですまない場合だってある。もしそんなことになっちまったら、俺はこの先一生、悔いながら生きていかなきゃいけなくなる」

文之介は真剣な眼差しを子供たちに当てた。

顔をしかめた仙太が不承不承いう。

「わかったよ。じゃあやめる」

「それでいい」

「じゃあ、文之介の兄ちゃん、帰るよ」

「ああ、はやく帰って母ちゃんを安心させてやれ。きっと心配しているぞ」

仙太たちはいかにも寂しげに立ち去ろうとした。

文之介は心を打たれた。

「おいみんな、事件が解決したらまた遊ぼうな」

文之介がいうと、子供たちはうれしそうに手を振り、かすかに残る夕焼けの残骸(ざんがい)のような日を浴びて帰っていった。

九

「しかし今日も冷えやがったなあ」

文之介は手のひらに息を吹きかけた。のぼったばかりの太陽をうらめしげに見る。明るいことは明るいが、どうも元気がないように見える。せめて夏の半分ほどでも働いてほしい。

「旦那、今日はどうするんですか」

うしろから勇七がきいてきた。

「ああ、ちょっと昨夜(ゆうべ)寝床に入って、気がついたことがあったんだ」

文之介は話した。

「ああ、そういえばそんなこと、いってましたね。なるほど、それは気になりますね。それで今、深川万年町に」

「そういうことだ。お都志が働いていた宮崎屋に行って、あのとき感じた眼差しがどこから発されていたものか調べれば、下手人を目にした者を見つけられるかもしれねえ」

「旦那、よく気がつきましたねえ」

「ほめるな。本当ならもっとはやく気がついてなきゃ、いけねえんだ。俺は本当にまだまだだ」

二人は万年町二丁目にある宮崎屋に到着し、手わけしてさっそく近所をききまわった。

「旦那、来てください」

お都志の働いていた茶店から東へ半町ほど行ったところにも茶店がある。そこに話をききに行った勇七が大きく手招きした。

「見つかったか」

「ええ、多分」

勇七が茶店のあるじらしい男に向き直る。

「こちらの旦那にその男の話をもう一度してやってくれねえか」

「ええ、いいですよ」

やせぎすで頬がそげたようになっている主人だが、細めた目はいかにもやさしげで、人のよさを覚えさせた。声もほがらかで、耳によくなじむ。

「あれは五日前の夕方近くでしたね、ひどい咳をしている男、確かにここにいましたよ。そこの縁台に座っていました。あんまりひどい咳なんで、思わず大丈夫ですかって声をかけたくらいなんですよ」

その縁台はやや引っこんだ形になっているが、文之介が座ってみると、宮崎屋はよく見通せた。

「ここから見てやがったのか」

文之介は苦い口調でいい、懐から人相書を取りだした。お都志の話をもとに描かれたものだ、と思ったら、霧のように悲しみがまとわりついてきた。

「あまり似てないですね」

あるじは一目見て、いいきった。

「人相を覚えているのか」

「ええ、まあ。こういう商売をしておりますと、それなりに人を覚える目というものが身についてまいりますもので」

「そうか。俺も見習いてえもんだ」

文之介は勇七を見た。

「ひとっ走り、池沢さんを呼んできてくれ」

「わかりやした。すぐに連れてきます」

勇七は、吹きはじめた寒風をものともせずに勇んで駆けだした。

その間、文之介は男について質問を続けた。

歳は五十代半ばくらい。薄汚れ、冬なのに日焼けしていた。ひげも剃(そ)らず、うらぶれた感じ。着物もろくに洗濯されておらず、垢(あか)じみていた。店では茶しか飲まなかったが、どこか酒の香りがしていた。

「日焼けしていたというのは、まちがいないか」

「ええ、黒かったですよ。あっしには日傭取(ひようとり)のように見えましたね」

「そうか、日傭取か」

文之介は意識することなく手をすり合わせた。

「ああ、これは気がつきませんで。今、お茶をお持ちしますから」

あるじが奥に駆けこんでいった。

「いや、いいぞ。気をつかわんでくれ」

そうはいったものの、熱い茶にありつけるのはありがたかった。指先などはすでにかじかみ、ひどくこわばっている。

あるじがお盆を手に戻ってきた。

「お待たせしました。そんなところではなんですので、おかけください」

その言葉に甘えて、文之介は縁台に尻を預けた。茶をすする。

「ああ、うまいな」

笑顔を向けると、あるじはうれしそうに笑みを返してくれた。

「茶葉は手に入る限り、できるだけいいものをつかおうと思っております。よその店よりきっとおいしいはずですが」

文之介は湯飲みを握り締めた。縛めが解けるようにじんわりと手があたたまってゆく。

「娘は置いてないのか」

「ああ、申しわけございません。昨日、今日とお休みをいただいておりまして」

「そうか、休んでいるのか。同じ生計の仲間があんなことになったせいか」

「いえ、親戚のほうでなにか集まりがあるということなんです。でも、殺されたお都志ちゃん、手前どももよく存じていましたから、うちの娘にとってもやはり驚きは大きかったようですよ」

「気をつけるようにいってあるのか」

「ええ、それはもう。もっともこう申してはなんですが、お都志ちゃんほどの器量ではないですから、そのあたりはもしかすると大丈夫かもしれませんねえ」

子供のようにぺろりと舌をだす。

やがて勇七が池沢斧之丞を連れてきた。

「ああ、ご苦労さまです」

文之介は立ちあがって出迎えた。

らと描いている。

あるじの言葉が的確なのか、池沢の筆には滞りがほとんどない。うなずきつつすらすらと描いている。

「これでどうですか」

池沢がていねいにあるじにきいた。似てます。あるじは深くうなずいた。

「文之介、できたぞ」

文之介は受け取った人相書をにらみつけた。

なるほど、これまでのものとは一線を画している。なにより表情が感じられた。その自信のあらわれか、池沢の目も生き生きしている。

男の顔は思った以上に小ぶりで、眉が細く、やや離れた二つの目はつっている。鼻はさほど高くはないが鼻筋は通っており、口は下唇が厚く、上唇が薄い。かすかにもの悲しさをたたえているような感じがした。

どうしてこんな顔をしているのか。

わからないが、あるいは人を殺した良心の呵責だろうか。

こいつが下手人なのか。そう思いながら、あらためて見つめる。むろん、見覚えのある顔ではない。勇七にも見せた。勇七は黙って首を振った。

池沢にもう一枚同じものを描いてもらい、文之介は懐にしまった。

一杯の茶をもらって、池沢は奉行所に戻っていった。これで、三日以内には江戸のすべての自身番に、より正確な人相書が配られることになる。

「男についてほかに気づいたことはないか」

池沢を見送って、文之介はあるじにたずねた。

「そうですねえ」

あるじは首をひねった。

「そういえば……」

なにか引っかかるものがある顔で、考えこんでいる。

「ああ、そうだ」

ぽんと拳で手のひらを打つ。

「その男なんですが、そこの席を立ったあと、そちらの店をじっとのぞきこむようにしてましたよ」

あるじが指をさしたのは、表通りにある、なにかをつくっているらしい店だった。茶店から半町ほど離れている。

「あんな咳をしてましたから、気になってなんとなくうしろ姿を眺めてたんですよ。そしたらあそこで足をとめて。そのまま、しばらく見入っている風情でしたよ」

あるじに礼をいい、文之介と勇七はその店の前に足を運んだ。

畳屋だった。この寒いのに戸はあけ放たれ、なかで三人の職人が仕事をしている。体を洗ってくれるようないい草のいい香りが外に流れてきている。

「どうして下手人は畳屋をのぞいてたんですかね。働いていたんでしょうか」

「いや、今も働いているのかもしれんぞ」

見ろ、と文之介は顎をしゃくった。職人がつかっている道具の一つが、文之介の目を奪っている。

「忙しいところをすまねえが、そいつを見せてくれねえか」

いきなり入ってきた町方同心に驚きながらも、職人は手をとめ、へえ、どうぞと手渡してきた。

「どうだ、勇七」

勇七は、文之介が掲げた道具に突きつけるような目を向けている。

「ぴったりですね」

ちょうど手のひらでおさまるほどの大きさの柄から、錐のように鋭利でやや太い針が突き出ている。これで娘の首を刺したのではないか。

「これはなんていう道具なんだい」

「敷針というんでさ。畳を持ちあげるとき突き刺すんです」

職人は実際にやってみせた。ぶすりと畳の縁に刺し、畳をぐいっと手元に引きあげる。

見事な手際だった。

「これは熟練してないと、こうはうまくできないですね。はずれちまうことが多くて、畳表が駄目になっちまうんですよ」

「もう一度見せてくれ」

敷針を手に取り、じっくりと見た。

ありがとう、と返して文之介は外に出た。

いつからか空には雲が出てきていた。風はあたたかみを覚えさせるものに変わっており、どこか湿り気をはらんでいる。夜からどうやら久しぶりの雨になりそうだ。

ただし、明日も降り続けるのは勘弁してもらいたかった。雨の日は、どうしても探索に障(さわ)りが出るような気がしてならない。

文之介はうしろに続く勇七を振り返った。

「凶器はまちがいなくあれだな」

「では、下手人は畳職人ってえことですか」

文之介は深くうなずいた。

「まずな。決まりだろう」

第四章　父子喧嘩（げんか）

一

前触れもなく、いきなりはじまった。

急激に息苦しさが募った次の瞬間、喉を熱風が襲う。

夜具のなかで平五郎（へいごろう）は背中を丸めて、咳（せ）きこみはじめた。

とまらない。胸のなかに住む何者かが、必死に外に出ようともがいている。

心の臓が激しく打ち、今にも息がとまりそうだ。

血の味が喉の奥からしてきた。顔はすでに真っ赤だろう。目だって、血がしたたりそうなほど充血しているにちがいない。

次の瞬間にもお迎えが来そうに思える苦しさだが、まだ死ねない。

しかし、この苦しみはなんとかならないものなのか。とうに死ぬ覚悟はできているとはいえ、あまりにひどすぎる。天が与えた試練だろうが、体を折り曲げて嵐が通りすぎるのを待つだけしか道はないのだ。

ひたすらこらえているうちに、咳が小さいものになってきた。これはいい兆候だ。じきおさまる。

それでも油断することなく、平五郎は体を縮めていた。

なんとか咳がとまり、ふつうに息ができるようになった。これで終わったのか、と平五郎は静かに体を起こした。

噴きだしてきた汗が一杯に着物に染みついている。それだけ体の力を奪われているのだ。

ふらつきながら土間におり、瓶から水を飲んだ。水は血の味がした。

夜具に戻り、横になった。今、何刻なのか。まだ夜にはなっていまい。朝から降り続いていた雨はやんだのか。少なくとも音はしないし、どこからか喧噪がきこえてくる。傘を持たない者がほとんどの町人たちが外に出てきたということは、雨はあがったということだろう。

しばらくそうやって静かにしていたら空腹を覚えた。

なにかあったかな。

枕元の飯びつをあけた。冷や飯が少し残っていた。飯を盛った茶碗を手に、かまどに置いてある鍋の蓋を取った。昨日つくった味噌汁があった。それを飯にぶっかけてがつがつと食った。たいしてうまくはないが、それで腹は満ちた。

これだけの食欲があるのを見ると、自分でも本当に病気なのだろうか、と疑いたくなるが、あの猛烈な咳はまちがいなく死病に冒されているからだ。

大徳利を手元に引き寄せ、湯飲みに注ぐ。酒をぐいとやると生き返った気分になった。口のなかにあった飯粒を吐きだしかけて、飲みこんだ。こうして酒で喉を湿しておくと、当分は咳がやってこない。

ごろりと再び横になる。

また、つらく厳しかった奉公人時代を思いだした。最近はどうもそのことばかり思いだしてしまう。

あまりにつらくてよく泣いたものだった。あのつらさは、肌に極印をされたかのようにはっきりと覚えている。もう二度と経験したくはない。

二十二で独立し、親方から道具をもらったときの晴れがましさも忘れてはいない。これで、いじめが絶えなかった親方のせがれとも、うるさかった兄弟子ともおさらばできる。あのときこみあげてきたうれしさ。唯一悲しかったのが、厳しくもやさしい親方ともうともに暮らせないことだった。

女房をもらったのは二十八のときだ。これは親方の紹介だった。名はお初。

だがお初は八年で死んだ。労咳(ろうがい)だった。咳ばかりして、最期はやせ細って死んでいった。なんとかしてやりたかったが、どうにもならなかった。死なれたとき、ただむなしい気持ちだけが残った。

お初に死なれて、はじめて酒に溺(おぼ)れた。

それでも、親方が生きているときはまだ歯どめがきいた。仕事を次々にまわしてくれ、それをこなすことでお初のことを忘れることができた。

さらに縁談も持ってきてくれた。本音をいえば、心を動かされた話もあったが、お初に死なれたときの悲しさを思いだしたら、その気持ちも萎(な)えた。同じ気持ちを二度と味わいたくはなかった。それだけお初の死はこたえた。

親方は八年前に死んだ。それからは見守ってくれる人がいなくなった寂しさから、そして親方のせがれとの折り合いの悪さから、だんだんと仕事をしなくなった。

今は金がなくなったら、日傭取で稼ぐ日々だ。昔、自分が畳職人だったことをもはや忘れてしまうくらいだ。あれは長い夢だったのでは、と思えるほどだ。そうだったと知っている人も、もうほとんどいないだろう。

平五郎は起きあがった。のそのそと年老いた猫のように動いて、お初の位牌の横に置いてある道具箱に触れた。

昔を思いださせてくれるのは、親方からもらったこの道具箱だけだ。

蓋をあけ、敷針を取りだした。血がついている。せっかく親方からもらった道具をけがしてしまった。

すまなさを覚え、平五郎は手入れをはじめた。せっせと手ぬぐいでふいているうちに、きれいになった。

これならいい、と平五郎は思った。これだけきれいになれば、親方も文句はいうまい。

そして、これから殺さねばならない娘も。

二

「くそっ、見つかんねえなあ」

文之介は足元の石を蹴(け)りあげた。

「まあ旦那(だんな)、そんなにいらつかないで」

勇七がなだめる。

「いい筋をたどっているのは確かですから、きっと見つかりますよ。あっしにはわかっています」

「だがもう三日もかけてるんだぞ。しかも今日だって、見てみろ、勇七、もう日が暮れていかあ。まったく、どこに隠れていやがんのかな」

「ですからじきですよ。そんなに焦らないでください」

「でもさ、こんなに畳屋を当たっているのにどうして見つからねえんだ。畳屋じゃねえのかな。やっぱり日傭取を捜したほうがいいのかな」

「畳屋を捜し、それで見つからなかったら日傭取を捜す、ってのはどうです」

「そうするか。日に焼けていたっていうからな」

「じゃあ、明日からは普請場を虱潰しにしますか」

「それもぞっとしねえなあ。この広い江戸に、今普請をやっているところがいったいいくつあるものか。それを思うだけで、気が遠くなるぜ」

結局日が落ち、文之介たちは奉行所に戻ってきた。

門のところで勇七とわかれた。

「では、お先に失礼します」

行きかけたが、すぐに振り向いた。

「以前、ご隠居よりうかがったんですが、あきらめずにいればきっと道はひらける、とのことでしたよ」

「親父にしてはずいぶん当たり前のこと、いうんだな。なんか親父らしくねえや」

では、これで。勇七があわてたように頭を下げ、長屋のほうへ歩いていった。

文之介は長屋門の入口を入り、詰所に向かおうとした。もう帰ろうとしているらしい鹿戸吾市とすれちがった。

「おう、見つかったか。ふん、その顔じゃ無理だったみてえだな」

「明日がんばりますよ」

文之介は相手にせず、横を通り抜けようとした。吾市が立ちふさがる。

「しかしおめえもろくなことしねえよな」

「なんのことです」

「畳職人だよ。奉行所の者すべてを駆りだして調べたが、そんなやつ、引っかかってこねえじゃねえか」

「いずれ見つかりますよ」

「そのいずれってのはいつのことだい」

「わかりません」

「まったくおめえみてえな若造に、引っかきまわされたくねえんだよ。今度からは妙なききこみ、してくんじゃねえぞ。な——」

文之介の肩に置いた手に力をこめてくる。痛かったが、文之介は平然としていた。

「じゃあな」

つまらなそうな顔で外に出ていった。

「まったくあの野郎」

文之介は歩きつつ、肩をさわった。ひりひりする。

「いつか殺してやる」

「誰を殺すんだって」

いきなり目の前にあらわれたのは、上司の桑木又兵衛だった。

「町廻り同心がずいぶん物騒なこと、いうじゃねえか」

「いえ、なんでもありません」

又兵衛は入口のほうを見ている。

「また吾市の野郎になにかいわれたのか。気にすんな。あいつはおめえで憂さ晴らししてんだよ」

「憂さ晴らしですか」

「ああ、正直いって、あいつは仕事ができるほうじゃねえよな。それで、まわりからいろいろいわれるわけだ。口にださなくても、駄目男だとか愚図だとかといった目で見られたりするわけだ」

まわりに誰もいないのを確かめて、又兵衛が続ける。

「この前の勇み足だって、手柄を立てたい一心からちがう男を連れてきちまったんだよな。苛立(いらだ)ちっていうのかな、そのはけ口がおめえっていうことだよ。だから気にすんな。考えてみりゃ、かわいいじゃねえか。ほかの者にはいえず、一番年下のおめえに当たっているんだから」

「はあ、そういうことですか」

「そういうことさ。だから、殺してやるなんていわねえで、はいはい、ってきいといてやれ。それであいつは満足するんだ。おめえに吾市の世話を押しつけるようで気が引けるが、どうだ。いやか」

「そんなことはありません。わかりました」

「そうか、すまんな。それで文之介、今日はどうだった」

文之介は一日のことを話した。

「空振りか。明日になればいい風も吹きはじめるさ。おっそうだ、気分を変えるために飲みに行くか」

「勘定は」

文之介はおそるおそるきいた。

「おめえだよ」

又兵衛が当然とばかりにいう。

「いえ、それがし、持ち合わせがありませんが」

「本当か。どれ、財布を見せてみろ」

ええ、と思いつつ文之介は取りだし、手渡した。

「本当に持ってねえな。おめえ、いつも持ってねえじゃねえか。なんでだ」

「貧乏なものですから」

「そうか、貧乏か。そういやあおめえ、ちゃんと飯食ってるのか。なんか若いのにあまり顔色が冴えねえなあ」

しょうがねえな、と又兵衛がつぶやく。

「今日は俺がおごってやるよ」

文之介は目をみはった。

「そんなに驚かずともいいだろうが。文之介、残りの仕事をすぐに片づけてこい。俺は外で待ってるからよ」

「では、さっそく」

文之介は詰所に行こうとした。

「おい文之介、誰にもいうんじゃねえぞ。大人数になったらことだ」

どんなところに連れていってくれるのかと思ったら、どこにでもある煮売り酒屋だった。土間から座敷にあがり、奥のほうに二人で座りこんだ。

ここなら、と店内を見まわして文之介は思った。十人ほどをおごったところでたいした費えにはなりそうにない。

「なんだ、不満そうな面だな」

「そんなことはないですが、正直、もう少しいいところを期待してました」

なかは職人や行商帰り、それに力仕事の男たちで一杯で、誰もが楽しそうに酒を酌みかわしている。

「やっぱり不満なんじゃねえか」

又兵衛は手をあげて小女を呼んだ。

「だが見てろよ。この店は最高なんだよ。安いし、うめえし。ほんとうは教えたくなかったが、おめえはがんばっているから、その褒美として連れてきたんだ」

「はあ、ありがとうございます」

「なんだ、気のねえ返事だな。まあいいや。すぐに目の色が変わるさ」

又兵衛は、やってきた小女に立て続けに注文した。やがて畳の上には焼き物、煮物、刺身がずらりと並んだ。焼き魚からは香ばしい香りがあがり、煮物からは食い気を誘う醤油の匂いが漂い、刺身は新鮮で、身がぷりぷりしているのが箸をつけずともわかった。

「ほれ、まずは一杯いけ」

ちろりを手に、又兵衛が燗酒を注いできた。ありがとうございますと受けて、文之介は注ぎ返した。

二人で同時に杯を干した。

「いやあ、うめえなあ」

又兵衛が嘆声をあげる。

文之介はじっくりと味わい、思っていた以上にいい酒であるのを知った。じんわりと腹のなかがあたたかくなってゆく。ほう、とため息が出てくるうまさだ。

「どうだ、文之介」

「いや、もしかしたら桑木さまのおっしゃる通りかもしれません」

「もしかしたら、は余計なんだよ」

文之介は肴をぱくぱくやりはじめた。どれもうまく、夢中になって箸をつかった。

「おい文之介、わしの分も少しは残しておけよ」

「なくなったらまた頼んでください」

「なんだ、おめえ、まだ食うつもりなのか」

「もっと酒も頼んでください」

「なんだ、遠慮のねえやつだな」

それでも文之介の健啖ぶりがうれしいのか、又兵衛は次々に注文した。

「でもやっぱり親子だよな」

「なんのことです」

「親父と似てるんだよ、その遠慮のねえ食い方がさ」

「はあ、そうですか」

「いずれ仕事のほうも――」

いいかけて又兵衛は言葉を切った。

「ほら、文之介、もっと飲め」

その店には一刻ほどいた。

「どうだ、文之介、うまかっただろ」

歩きだして、又兵衛がいった。

「ええ、とても」

久しぶりに飲んで食ったような気がした。

「これで明日もがんばれるよな」

「当たり前ですよ」

文之介は胸をどんと叩いた。

「この御牧文之介にまかせておけば、事件は必ず解決です」

「そうか、まあ頼むぞ」

「しかし、今の店のあるじ、いい腕してますねえ」

ふらついた文之介を又兵衛が横から支えた。

「ああ、坪居の親父か」

「あの店、つぼいっていうんですか」

「なんだ、それも知らねえでさんざん飲み食いしてたのか。もとは瓦師をしていたらしいんだ。それが子供の頃から得意な包丁をどうしても振るいたくて、身を転じたときいてるぞ」

「へえ、もとは瓦師ですか。それはまた極端ですねえ」

ふと、なにかが頭を通りすぎたのを文之介は感じた。それがなんなのかわからないままに道を歩き続けた。

八丁堀近くの川で護岸の工事が行われていた。人けはまったくないが、昼間は真っ黒に日焼けした男たちが一所懸命に働いているのだろう。

そうか、と気がついた。今は日傭取、そして昔は畳職人、そういうことではないか。畳屋をのぞきこんでいたのは、きっと懐かしさからだろう。

三

米と酒が切れた上、店賃もこのままでは支払えない。仕方なく平五郎は新たな普請場で働きはじめた。いつでも死ぬ覚悟はできているが、飢え死にするつもりはない。

平五郎がいるのは、深川下大島町の土手の普請だ。西は大島村、北は亀戸村というかなり辺鄙なところで、町家と田んぼが境を接しており、ほとんど人の往来はない。ときおり通りかかるのは、青物の籠をしょった百姓くらいだ。

平五郎がやっているのは、小名木川沿いの土手の補修だ。流れに半身をひたして、杭をひたすら打ちこんでいる。下帯一枚で、上半身は裸だ。

力はある。病に冒されてはいるが、筋骨にまだ衰えはない。若い頃、さんざんに鍛えられた証以外のなにものでもない。

空はきれいに晴れ渡り、その分、風が冷たい。富士山が見えているが、そこから吹きおろしてくるような強い風が水面を波立たせ、平五郎たちの身を冷やす。

「よーし、交代」

この普請を監督している男が声をあげる。商家の手代らしいが手慣れたもので、これまでに何度もこうした普請をこなしてきているのが知れた。この普請も普請奉行からじかに請け負ったと平五郎はきいている。

平五郎はその場に槌を置き、土手の上にあがった。

「なんだよ、もうかよ」

ぶつぶついいながら、男が入れちがって下におりてゆく。

平五郎は手をさすって、勢いよく炎をあげている焚き火に近づいた。水はこの時季あまりに冷たく、長いこと浸かってはいられない。はやめに交代し、土手上の火で体をあたためないことには、冗談でなく凍え死にしかねない。

火の近くに干しておいた手ぬぐいで、したたる水と汗をていねいに拭いた。

「生き返るな」

炎に手をかざした横の男がしみじみいって、笑いかけてきた。

「どうせなら、酒でも飲ませてくんねえもんかな。そのほうがあったまるんだが」

まだ若いその男は、口の前で手首をひねる仕草をした。

「ああ、今飲ませてもらったら、百文払ってもいいな」

平五郎は舌なめずりをしてみせた。

「百文だって。それだったら明日持ってくるかな。それで商売ができる」

「持ってきても飲ませちゃくれないよ。あの野郎、厳しいもの」

平五郎が顎をしゃくった先には手代がいる。

手代といっても平五郎やほかの男たちにまじっても劣らない体格の持ち主で、相当に腕っぷしの強いのがわかる。

いや、筋骨のたくましさは平五郎たちの比ではない。実際、これまでにもいうことをきかない男たちを有無をいわせず叩きのめしてきたことを、その鋭い眼光が物語っていた。

平五郎の視線に気づいたか、手代がじろりとにらみつけてきた。平五郎はあわてて目をそらした。

「まったく人でも殺してんじゃねえのか」

ぎくりとして、声の元を見る。

「あの目はそんな感じだぜ。そうは思わねえかい」

火に当たりつつ男がいった。

「あ、ああ。でもそんなことねえだろうよ。もし人殺しだったらこんなところにゃ、いられねえ」

「まあ、そうなんだろうけどさ」

平五郎はごくりと唾を飲んだ。

「あのさ、人を殺したら顔に出るものなのかな」

「そりゃ出るだろうさ。もう人じゃなくなっちまってるんだから」

「それはつまり、鬼ってことかい」

「そうだな」

「鬼か……」

「なんだよ、ずいぶん深刻そうな顔、するじゃねえか。まさか……」

平五郎はにやっと笑った。

「おうよ、わしゃ人を殺してんだよ」

「ええ、ほんとかよ」

すぐに男が噴きだす。

「たちの悪い冗談だぜ。——親父さん、この稼業に入って長いのかい」

「五年くらいか。まだそんなに長いとはいえんだろうな」

平五郎は下をちらりと見た。男たちが水と泥を体一杯に浴びつつ、必死に働いている。あんなに懸命に働いたところで、賃銀は知れている。

「ふーん、その前は」

なんだこいつは、と平五郎は警戒心が頭をもたげるのを感じた。

「なんだ、わしがなにをしていたか、そんなのを知りたいのか」

「そんな怖い顔せずとも。いや、きいてみただけだよ」

それでも平五郎は気持ちをゆるめず、男をにらみつけていた。男は居心地が悪そうにもじもじしている。

平五郎は表情をやわらげた。

「いや、すまんかったな、怒っちまって。その頃、女房が死んじまったもんでさ。若い頃はそれこそ塩売りや納豆売り、櫛(くし)売り、笊(ざる)売り、夏はしゃぼん玉売りや団扇(うちわ)売り、食うためにはなんでもやったよ」

「へえ、そいつはすごいね」

「おめえはなにをやってたんだ」

「前は鍛冶屋に奉公してたんだけどさ、兄弟子とうまくいかなくて、結局殴りつけちまったのがけちのつきはじめかな。そのあとはなにをやっても長続きしなかった。仕事はきついしさ。だったら、こうしてお日さまの下で体を動かしてるほうが楽さ」

「ふむ、道理だ」

手代が右手をあげるのが見えた。

「よーし、交代」

やれやれだ。平五郎はつぶやき、火のそばを離れた。唇を青くし体を震わせている男たちとすれちがう。無造作に投げだしてある槌を拾い、平五郎は水に入った。身を縮めさせる冷たさが足を這いあがってきた。

かまわず槌を振りあげ、杭を打ちこみはじめた。しばらくそうしているうち、いきなり前触れが喉元をせりあがってきた。

まずい、と思った瞬間、咳が唇を押し破るようにして出てきた。いつもより苦しかった。水のなかに膝をつき、手で口を押さえたが無駄でしかなかった。

「おい、親父さん、大丈夫か」

さっきの若い男が駆け寄ってきてくれ、背中をさすった。

しばらくそうしてもらっていたら、楽になった。

「大丈夫かい」

「ああ、ありがとう。助かったよ」

「喘息かい」

「いや、そうじゃねえ」

平五郎はそっと息をつき、槌を手にした。

「おい、とっつあんよ」

あの手代だ。近くまでおりてきていた。

「病持ちか。やれるのか。無理ならとっとと帰っていいぞ。明日からもう来なくていい」

「いえ、大丈夫です。やれます」

手代は疑わしそうな顔だったが、軽く首を動かすと、土手をのぼっていった。

そのうしろ姿をにらみつけて平五郎は懐に手を忍ばせた。ほっとする。

手に触れたのは愛用の敷針だ。

四

文之介は一軒の口入屋をあとにした。

「ここも駄目か。勇七、次はどこだ」

「宮川町です」

「ここは富川町だったな。ならすぐだな」

文之介たちは深川の口入屋をすべて当たろうとしていた。

「おい勇七、今日はもう何軒まわったんだ」

「まだ八軒ですよ」

「そうか。あと二軒で今日の仕事は終わりってことになるが……」

文之介は空を見た。

あと半刻ほどで日暮れで、風はやんだが、それに代わって空からおりてきた寒気が江戸の町を覆い尽くそうとしている。

道行く人たちも寒さに背を丸め、この前の雨の名残（なごり）で少し湿っている土に足を取られないよう慎重に歩いている。

路地から出てきた五、六名の子供が歓声をあげて元気よく走りすぎてゆこうとしたが、一人がつるりと足を滑らせた。泥が舞い、子供はどすんと尻餅(しりもち)をついた。

なにやってんだよ。ほかの子供たちが泣きそうになっている子供を立ちあがらせ、慰めるように連れてゆく。

「おい勇七、昔、あんなことがあったな」

「ええ、そうでしたね」

「あれはお春が理由だったな」

まだ八つくらいのときだった。お春がいじめられていると勇七から知らされ、文之介は組屋敷を飛びだした。

お春はいつもの悪たれの三人組にいじめられていたのだが、文之介は勇七を引き連れ、飛びこんでいった。

「お春、逃げろ」

激しい殴り合い、つかみ合いになったその隙(すき)に、お春は逃げだした。

その怒りか、三人は本気で文之介に飛びかかってきた。その上に、新たな三人が加わった。

「罠(わな)だ」

勇七が叫ぶ。

そのときには文之介も気づいていた。もともと、悪たれどもの的は文之介だったのだ。

以前、勇七とともに三人をさんざんに殴りつけた仕返しだったようで、お春はおとりでしかなかったのである。

六人を相手では、さすがに文之介と勇七はのされた。ぐったりと路上に座りこんでいるところにお春が戻ってきた。

「大丈夫」

好きな女の子にこんな姿を見られたくはなく、本当は泣きたいほど情けなかったが、文之介は無理に笑顔をつくった。

「なんともないさ。お春は」

お春は泣き笑いの顔をしていた。

「なんともないわ」

「よかった」

勇七はいちはやく立ちあがっていた。文之介に歩み寄り、手を伸ばしてきた。

文之介も立ち、袴(はかま)の泥を落とした。

「あいつら、今度はただじゃおかねえ」

文之介は、六人が去っていった方向をにらみつけた。

「この借りは必ず返してやる」

「俺も手伝うよ」

勇七が目に力をこめていった。

その後、文之介たちはお春を三増屋に送っていった。お春が店に入ってゆくのを見送った途端、文之介の目から涙がこぼれはじめた。

「泣くなよ」

勇七が慰めたが、涙はとまらなかった。勇七にうながされ、文之介は道を戻りはじめた。

文之介の涙につられたわけではないだろうが、それまで晴れていた空がかき曇り、雨が降ってきた。雨は土砂降りとなり、道はあっという間に泥田と化した。

傘はなく、文之介たちは商家の軒下で他の町人たちと一緒に雨宿りをした。

夏の夕立のことで、雨は四半刻ほどであがり、文之介たちはまた歩きはじめたのだが、そのとき文之介を支えてくれていたはずの勇七が水たまりを避けようとして、すってんと転んだのだ。

勇七は水たまりに尻から落ち、着物をぐっしょりと濡らした。すぐには立ちあがれず、水たまりのなかでまるで溺れたかのようにもがいた。

その仕草がおかしくて、文之介は情けなさを忘れて大笑いしてしまった。勇七に手を貸したのは、それからしばらくたってからだった。

「そんなこともありましたねえ。あっしもどじを踏みましたよ」

勇七が懐かしそうにいう。

「おめえには、まったく似合わねえしくじりだったよな」

いって文之介は気づいた。

「なんだよ、そういうことだったのか」

「どうしました」

「いや、十四年ぶりにわかったよ。おめえ、あのときわざと転びやがったな」

「へっ、なんのことです」

「とぼけなくたっていい。俺を元気づけるために……そうか、そうだったのか」

「いや、そんなことないですよ。あれはあっしがどじだっただけです」

「ふん、まあ、そういうことにしておこう」

そのあと二軒の口入屋をまわり、やはりなんの手がかりも得ることはなく、文之介たちは奉行所に戻った。


翌日の午前のこと、深川猿江裏町の口入屋で、探索しているのとぴったり符合する男がいるのがわかった。元は畳職人で、今は日傭取をしており、つい三日前から新しい普請場で働いている。名は啓吉。

「今日も普請場へ行っているのか」

「へえ、そのはずですが」

「よし、店主。おめえは自身番へ行って、このことを知らせてくれ。町役人には、奉行所に急ぎ使いをだすようにいうんだぞ。わかったな」

店主に教えられた道を、文之介と勇七は急行した。

ここか。

深川南松代町にある清水橋の脇の竪川と横十間川とのちょうど境目で、上半身裸の人足たちが槌を振りあげては流れに杭を打ちこんでいる。風は相変わらず冷たく、しかも日陰になっているために、見ているだけでこちらが寒くなってくる。土手上に焚き火がされ、そのまわりに男たちがたかっている。横に薪が山と積まれていた。

人足は全部で三十人ばかりか。文之介は人相書を手に、似ている男がいるか確かめた。

遠目のせいもあるのか、はっきりとはわからない。

「どうします、旦那」

「ひっとらえたいが、逃がしたくもない。ここは待とう」

いい考えです、とばかりに勇七が小さく笑みを見せた。

やがて石堂や吾市、さらには又兵衛までもがやってきて、小者や中間を入れて総勢二十名ばかりで清水橋を取り囲んだ。

いきなり黒羽織の群れに囲まれて、人足たちはただ驚いていた。

文之介は注目して見ていたが、あわてて逃げだそうとする者はいなかった。誰もが戸惑っているだけだ。

「おかしいな」

文之介はつぶやき、普請の差配をしているらしい男に近づいてゆく又兵衛を見守った。

「啓吉というのは」

男が、川のなかにいる人足の一人を呼んだ。

男は自分が呼ばれたのが信じられないような顔をして、土手にあがってきた。

文之介は近づいていった。ほかの同心たちも同様だ。

「おまえが啓吉か」

又兵衛がきく。

「は、はい」

啓吉が体を震わせるようにしてうなずく。実際、相当寒いようだ。唇は見事なまでに紫になっている。

「こっちへ来い」

又兵衛が焚き火のほうへ連れていった。

「遠慮なく当たれ」

啓吉は控えめに手をかざした。見る見るうちに生色を取り戻してゆく。

文之介は人相書とくらべてみた。まったく、といっていいほど似ていない。

「おまえ、よく咳をするか」

又兵衛が腕組みをしてたずねる。

「は、はい、ここしばらく風邪をひいてましたから」

「風邪以外の咳は」

「いえ、そういうのはありません」

「そうか」

又兵衛がむずかしい顔でいう。

文之介は首をひねった。どこかで啓吉に会ったような気がしてならない。どこでだ。必死に考えた。勇七に問おうとして、ひらめいた。

急ぎ足で啓吉に近づく。又兵衛がどうしたという顔で見る。いいですか、と文之介がいうと、ああ、と答えた。

文之介は啓吉に向き直った。

「おまえ、前にお克に絡んでいたやくざ者だな」

「えっ、なんの話ですかい」

「とぼけるな」

文之介は顔を突きだした。

「おまえ、なめるんじゃねえぞ。あのとき、三人でお克に絡んでいただろうが。やくざ者のくせに、なんで日傭取なんだ。食いつめたか」

「あっしはずっと前から日傭取で食ってますよ」

「ずっとというわけではないだろうが。前は畳職人だろう」

「えっ、なんでそれを」

「おい、文之介」

又兵衛に呼ばれた。

「そのおかつ、っていうのは何者だ」

文之介は説明した。勇七が惚れているのは伏せておいた。

「へえ、青山の娘か」

又兵衛がずいと足を踏みだした。

「あの大店の娘に絡んでいやがったのか。金でもたかろうとしていたのか。それは引っぱるには十分な罪だな」

「そんな。あっしはなにもしちゃいませんて。なんですか、その青山の一人娘って」

「語るに落ちたな」

文之介は啓吉に笑いかけた。

「どうしてお克が一人娘ってことを知っているんだ」

ウッと啓吉がつまった。

「いえ、あの……確か噂でそうと」

「おい文之介、とっとと縛らせろ」

「はい。——勇七」

へい。勇七が腰から捕縄をだし、啓吉に近づいた。

啓吉は顔を引きつらせた。

「わ、わかりましたよ。全部、お話ししますよ」

もともと啓吉はやくざ者などではなかった。お克に絡んでいたのも、文之介に憧れていたお克が文之介と知り合うために打った芝居とのことだ。

そういうことだったか。文之介は納得した。確かに、やくざ者がお克に絡む理由があのときは見つからなかったのだ。又兵衛がいう通り、金かとも思ったが、お克は金をむしられていた様子はなかった。なるほど、お克の狂言ならそれも理解できる。

「おい啓吉、お克とはどういう関係だ」

「へ、へい、幼なじみです」

「どうして断らなかった」

「だって、お克ちゃん、体もでかいし、力も強いし……」

「おまえのほうが力はあるだろう」

「いえ、どうですかね。ああ、今ならもしかしてそうかもしれませんが、子供の頃、さんざんに殴られたりしたもので、そのせいで頭があがらないんですよ」

「いいなりということか」

「馬鹿にしたようにおっしゃいますが、お克ちゃん、本当に怖いんですよ」

「そんなことねえだろう」

いきなり勇七が割りこんできた。

「ちょっと待て」

文之介はあわててとめた。

「気持ちはわかるが、今は抑えとけ。おめえが入ると話がややこしくなりそうだ」

勇七が落ち着いたのを見て、文之介は啓吉に向き直った。

「おめえ、前は畳職人だったのか」

「ええ、そうです。ほんの三年ほどでしたから、職人とも呼べないんですけど。仕事がきつくてやめちまいました」

「だったら、仕事を求めるときにどうして畳職人などといった」

「だって、なにができるかきかれたら、いわずにおくなんてもったいないじゃないですか。畳屋に奉公していたのは嘘でもなんでもないんですから」

「おめえ、二人の娘が立て続けに殺されたことを知っているな」

「ええ、読売でも読みましたけど」

文之介は、二人が殺された晩のことをきいた。

両方の晩とも、なじみの飲み屋に繰りだしていたはず、とのことだ。

「すみれ屋っていう名だけはきれいな煮売り酒屋ですよ。なかは小汚ねえんですけど。そこの親父にきいてもらえればわかりますよ。ほとんど毎晩行ってるんで。それに、お克ちゃんの芝居を打った仲間も、いつもだいたい一緒ですしね」

嘘はいっていないように思えた。

「文之介、一応、南松代町の自身番に連れてゆけ」

啓吉を自身番に押しこめるようにしたあと、文之介は啓吉が飲んでいたといったすみれ屋に行き、裏を取った。

すみれ屋の親父は、両方の晩に確かに啓吉がいたといった。

「確かめるもなにも、啓吉さんはここ三月ばかり、一晩も欠かさずに来てくれてますからねえ」

店主の女房と、はやくもできあがりつつある常連客もその言を裏づけた。

「お克に頭があがらない男に人殺しなどできるはずもないんだが、これでもうまちがいなくなったな」

すみれ屋をあとにして文之介は勇七にいった。

「えっ、旦那、裏を取るのはこれでおしまいですかい」

文之介は笑った。

「心配すんな。これからお克のところへ行こうと思っていたんだ。一応、話をきかなきゃまずかろうよ」

勇七はそこだけ春風が吹いたような明るい笑顔を見せた。

呉服屋の青山は日本橋北の本石町にある。お克は店にいた。奥の畳敷きの上ですっと背筋を伸ばし、熱心に反物を見つめている。傷がないか調べているような瞳だ。

意外に商売熱心なんだな、と文之介が感心したとき、好物のにおいでも嗅いだ犬のようにさっと顔を振り向けてきた。

喜色を満面に浮かべ、あがりこんでいる上客たちのあいだをどすどすとはねのけんばかりの勢いで駆け寄ってくる。

「いらっしゃいませ」

正座し、両手をそろえる。

「今日はなにかご入り用ですか。それとも私に会いに見えたんですか」

「こいつはそうなんだが」

文之介は、うしろで目を輝かせている勇七を指さした。

「ちょっと旦那」

文之介は振り返り、声を落とした。

「ちょっとはいっておかねえと、一生気持ちが伝わらねえぞ。それでもいいのか」

「いえ、そんなことはないんですが」

文之介はお克と相対し、用件を告げた。

「あら、ばれちゃったんですか」

ほほほ、と手を口に当て、屈託なく笑う。

「そうですよ、あれは旦那と知り合うための狂言です」

不意にお克は下を向いた。

「でも、啓ちゃんはちょっと絞めておかないとまずいわね。これで図に乗らせるわけにはいかないわ」

独り言をつぶやいたが、声をひそめているわけではないので筒抜けだ。

「お克、啓吉と幼なじみなのはまちがいないんだな」

「ええ、そうですよ。啓ちゃんは同じ町内の仲間です」

ほほほ、とまた笑った。

「なにがおかしい」

「いえ、だってあの啓ちゃんが人殺しなんてできるわけないんですから。とかげが塀の下から出てきたって飛びあがっちゃうような小心者ですよ。無理ですよ。それに啓ちゃん、前に畳屋で働いていたんですけど、そこをやめたのだって、大包丁や小包丁、縫い針に待ち針なんかを手にするのが怖かった、というのが理由ですから」

お克はふと真顔に戻った。

「でも、どうして啓ちゃんが下手人にまちがわれたんです」

文之介は説明した。

「ふーん、前は畳職人で今は日傭取。——心当たりが一人いますけど」

五

「誰だい、その心当たりってのは」

「教えてほしいですか」

「むろんだ」

お克が居ずまいを正した。

「条件があります」

いやな予感がした。

「一緒に食事に行ってもらうことです」

「この男がついてきてもいいか」

お克は勇七をじっと見た。勇七が体をかたくする。

「できれば一人でお願いします」

勇七が小さくため息をつく。

「食事ってたとえばどこだ」

「静かでおいしい店があります。今はまだいえないですけれど」

「旦那、どうするんです」

勇七が小声できく。

「おめえはどうしたらいいと思う」

文之介もささやき返した。

「事件解決のためなら、行ったほうがいいんじゃないかと」

「勇七、本当にいいんだな」

「ええ。でも――」

勇七が心配そうな顔で言葉を切った。

「まちがいは起こさないでくださいね」

一瞬ぶん殴ってやろうか、と文之介は思った。

「おいこら、おめえ、人を見てものをいえ」

「そのつもりですけどね」

拳があがりかけたが、なんとか抑えた。

「安心しろ。手なんかださねえよ」

「約束ですよ」

腹に据えかねたが、これもこらえた。

「ああ、約束だ――いや、ちょっと手をだしてみるかな。それも一興だろう」

「ちょっと旦那、なにいってるんです」

勇七が顔色を変え、つめ寄る。

「馬鹿、心配するな。からかっただけだ。しかしおめえ、本当に怖い顔、しやがんな」

文之介はお克に体を向けた。

「よし、いいぞ。行こう。でもいいか、あくまでも食事だけだからな」

もしこの女に押さえこまれたら、なすすべがないような気がしてならない。

お克がぽっと頰を染めた。

「当たり前じゃないですか。旦那、いったいなにを考えていらっしゃるんです」

お克が口にしたのは、平五郎という男だった。以前、家族が住む屋敷のほうに何度も畳を入れた職人だという。

「もっとも、私がじかに会ったわけではないんですが。今、呼んできます」

お克が連れてきたのは、おさん、という屋敷のほうで働く女中だった。歳はかなりいっており、お克が生まれるずっと前からこの家に奉公していたのが、その顔に年輪として刻みこまれている。女中頭といった風情で、体つきにも貫禄がある。

お克にうながされて、おさんは男のことを話しはじめた。

「つい二日前のことです、買い物に出て歩いていると、いきなり、覚えてらっしゃいますか、って声をかけてきたんです」

最初は誰だかわからなかった。しかし男が平五郎と名乗り、以前はさんざんお世話になりました、と頭を下げてきたことで、なんとなく思いだせた。

その頃は男っぷりもよく、いかにも働き者という感じだったのに、そのあまりの変わりようにおさんは息をのむ思いだった。とても同じ人とは思えなかったとのことだ。ひげはぼさぼさ、いかにもやつれた感じで、着ているものもうらぶれた様子だった。

人相書を見せたが、おさんはそっくりです、といいきった。

平五郎は深川下大島町の土手普請で働いているといったといい、文之介と勇七はさっそく向かった。

しかし、その普請場に平五郎はいなかった。体の具合が悪く、早引けしたというのだ。

「住みかがどこか知っているか」

普請場を差配しているらしい、がっしりとした体格の男にきいた。

だが男は知らなかった。

「平五郎だが、どこの口入屋を介した」

文之介たちは男が口にした口入屋に急いだ。

本所茅場町一丁目に店はあった。

「ここまではまだ手が及ばなかったな」

風に揺れている暖簾に足早に近づきつつ、文之介はいった。

「いえ、そんなことはないですよ。あっしらの縄張外ですから、ほかの人がとうに当たっているはずです」

「えっ、そうか。誰だ」

いいながら予期できた。

「ええ、おそらく鹿戸さまですよ」

「相変わらずしょうがねえな。でも勇七、このことは俺たちの胸にしまっておこう。桑木さまに話しちゃ、かわいそうだ」

「旦那がかまわないんでしたら、あっしはなにもいうことはないです」

暖簾をくぐり、店主から話をきいた。

平五郎は、竪川に架かる新辻橋を渡った本所柳原町一丁目の長屋に住んでいるとのことだ。

町役人とその手下というべき男たちを同道し、今右衛門(いまえもん)店という裏長屋に向かった。

「平五郎はその長屋にいつから住んでいるんだ」

歩きながら文之介は、長屋の家主という町役人にただした。

「へえ、かれこれ十年ですか」

「前はどこに住んでいた」

「深川元町、ときいてますが。確か女房を亡くして、しばらくしてから引っ越してきたとのことでした」

今右衛門店に着いた。

「ここか」

文之介は右から三番目の店の前に立った。十手を手に、勇七にうなずきかける。

勇七が障子戸を叩いた。

「平五郎さん、いますかい」

応(いら)えはない。勇七がもう一度叩き、声をかける。

「いないんですかね」

「あの、平五郎さんなら出かけましたよ」

うしろから遠慮がちに長屋の女房らしい若い女がいった。

「いつ出かけた」

「そうですね、半刻ほど前ですか」

「行く先はいってたか」

「いえ、苦しそうに咳をしながら歩いてゆきましたから、声をかけそびれちまって」

「平五郎だが、親しい者はいたか」

「長屋の者もあまり付き合いはなかったですし、訪ねてくる人もほとんどいなかったですよ。閉じこもることが多かったですからねえ、あれじゃあ、友達どころか知り合い一人できないですよ」

文之介は家主を見た。

「なかをあらためさせてもらうが、いいな」

「へえ、もちろんです」

その言葉が終わらないうちに文之介は障子戸をひらいた。

むっとするような悪臭がこもっており、それが助けを求める者のように外に這い出てきた。

文之介はあがりこんだ。九尺二間の店だ。さっぱりとしたもので、ろくに家財はない。夜具に火鉢、行灯くらいで、あとは空の徳利が転がっている。

いついれたのかわからないような茶葉がごっそり入っている鉄瓶の横に、紙が重ねて置いてあるのに気づいた。

文之介は手に取った。全部で三枚。むっと顔をしかめた。

三枚の紙にはそれぞれ一人ずつ、娘の顔が描かれていた。かなり達者な絵だ。

「どうしました」

「見ろ」

文之介が突きだすようにした二枚の絵を勇七がのぞきこむ。

「これは――」

ごくりと唾(つば)を飲みこんでから、口をひらく。

「殺された二人じゃないですか」

「ああ、お美由とお都志だな。とすると、この絵の主は誰なのか」

「平五郎はこの娘を」

「ああ、狙(ねら)っているのはまちがいなかろう」

絵を手に、文之介は路地に出た。町役人や手下の者、そして長屋の者たちすべてに見せた。しかし誰も知らない。

「あれ、ちょっと待ってください」

一人の女房が声をあげる。

「この娘さん、どこかで見たような気がします」

「本当か」

文之介は強く問うた。女房はその勢いにたじろいだ。

「すまん」

「いえ、いいんですよ。でもどこでだったかしら」

真剣に考えはじめた。

文之介はじりじりしたが、だからといってせかすこともできない。

「ほら、おなみちゃん、はやく思いだしなさいよ」

「そうよ、お役人、待ってるわよ」

ほかの女房たちが騒ぐ。

「ちょっと待ってよ。そんなこといわれたら、余計に思いだせないでしょ」

「そうだぞ。みんな、黙ってくれ」

文之介がいうと、女たちはそろって口を締めた。

女房は目を閉じ、じっと押し黙っていた。

やがて、すっと目をあけた。そうだ、あそこよ、と高ぶった声をだす。

「あそこですよ、表通りの畳屋さん。あの店で、一度見かけたことがあるような気がしてならないんです」

「まちがいないか」

「そういわれますと自信はないんですが、あそこの若い職人さんと立ち話をしていたような気がします」

場所をきいて、文之介たちは路地を出た。冬の日ははやくも暮れつつあり、文之介はその弱々しい光に背を押されるように道を駆けた。

六

日はすでにかなり傾いている。

じきだ。あと半刻もすれば、あの娘は家を出てくる。腰障子が橙（だいだい）色に染まっているが、もうすぐあの色も消えてなくなる。

名もない小さな稲荷の木陰に身をひそませて、平五郎は目を光らせていた。どんな小さな動きでも見逃すことはない。いつもはあの障子をあけて出てくるが、もし万が一裏から帰ろうとしたとしても、まちがいなくさとれる自信がある。

それにしても、と思った。今日は咳がほとんど出ない。体調はここ何日かないくらいにいい。これは、やはり神さまが見守ってくれている証だ。

ふと顔が見たくなった。平五郎は懐を探った。おや、と思った。忘れちまったか。まあいい。すぐに本物の顔を拝める。しかも間近でだ。

しかしもう一年になるのか、と平五郎は思った。すべては一年前がはじまりだった。

いやな咳が出るようになったのだ。お初と同じ咳で、平五郎はおのれの行く末が見えたような気がした。

やせ細り、なすすべもなく死んでゆく。

医者にかかる気は、はなからなかった。どうせ治らないのだ、無駄でしかない。

お初のときだって、いいといわれる医者に診せ続けたが、薬代だけがかかり、一向に快方に向かわなかった。

それなら俺はこのまま死ぬまでだ。

しかし、一人で死んでゆくことにたまらない寂しさを覚えた。お初は俺が見送ったが、俺には見送ってくれる者はいない。

どうすればいいか。

救いを求め、近所の神社仏閣を片っ端からお参りした。

近所だけでなく、遠出もした。いいといわれるところはすべて出かけてみた。

仕事にも行かず、ふらふらと神社や寺に行っては帰る、といった暮らしをしばらく続けていた。

そんなある日、夢を見た。

三人の娘に連れられるようにして空を飛んでいる夢だ。空には白い雲が一杯だがとても気持ちがよく、鳥になった気分だった。

雲が切れたところが一つあり、そこから日が射しこんでいるのが見えた。

あそこは。

それから、その夢を見ない日はなくなった。日傭の仕事へ行き、へとへとになって帰ってきた晩も必ず見た。

夢に出てきた三人の娘は、いずれも若くて美しかった。

ある朝、矢立と紙を取りだし、その三人の顔を忘れないうちに描いてみた。

子供の頃から絵は達者で、描いているのは楽しかった。しかも、なかなか満足のゆく出来映えとなった。

しばらくのあいだ、その絵を見つめているだけで、幸せな気分になれた。ただし、咳はひどくなる一方で、よくなる兆しはまったく見られなかった。

普請場からの帰りだった。ついに平五郎は天意を感じた。

絵にそっくりな娘を見つけたのだ。そのときは信じられず、呆然とする思いだった。

何度も見直したが、紛れもない。絵のなかの娘だった。

驚きはそれだけで終わらなかった。数日を経ずして二人目も目の当たりにすることになったのだ。

自分のなすべきことがはっきりわかった瞬間だった。

「ききたいことがあるんだが」

畳屋に着いた文之介は鋭く声を発した。

「なんですかい」

なかで仕事をしていた職人らしい若い男が、黒羽織を見て怪訝そうにしながらも外に出てきた。

「この娘を知っているか」

文之介は絵を見せた。

「ええ、知ってますよ。お葉ちゃんじゃないですか」

「どこに住んでいる」

「えっ、でもいったいなんですか。お葉ちゃんに、なにがあったんです。あっしの許嫁なんですけど」

「あとで話す。ことは急を要するんだ。おようの家はどこだ」

「あの、行かれるんですか。でも、たぶんいないですよ。習い事に行っているはずです」

お葉の習い事は三味線で、師匠の家は深川蛤町二丁目とのことだ。

許嫁の職人はその家を知っているということで、ともに町を走った。

「いったいどういうことなんです」

駆けながら職人がきく。

「その前に、おめえ、名はなんていうんだ」

職人は磯吉、と名乗った。

「そうか、磯吉か」

文之介は隠し立てすることなく話した。

「ええっ、じゃあお葉ちゃん、狙われてるってことですか」

磯吉は愕然とした。走っているせいだけでない赤みが頰に差す。

「もしかしたらもう……」

「案ずるな。まだ日のあるうちは大丈夫のはずだ」

「はず、ですか」

「すまんな、今はそうとしかいえんのだ」

文之介はいい、荒い息を吐きつつ問うた。

「お葉というのはさっきの畳屋の娘なのか」

「いえ、別の畳屋の娘なんです」

「どうやって知り合った」

どうしてこんなときにそんな話を、という顔を磯吉はしかけたが、素直に話した。

「そうか、畳屋同士が兄弟なのか。なるほど、そういう縁でな」

「あれは正月の祝いの席だったと思います。初対面ではなかったんですけど、偶然、近くに座る機会があって、それではじめて話をしたんです。そしたら、はじめてとは思えないほど話が弾(はず)んで。お互い気が合うのがすぐにわかって」

こうして話をしていれば、少しは気も紛れるだろう、との文之介なりの配慮だった。

「それで、とんとん拍子に縁談はまとまったのか」

「いえ、向こうはお嬢さんですから、そううまくはいかなかったんですよ。あっしのような者が認めてもらうには仕事しかないと、必死に打ちこみましたよ。それがようやく報われて、この夏に縁談がまとまりました」

うしろからはっはっという息づかいがきこえる。さすがに勇七だけに、自分のよりはだいぶ軽い。

「いつ一緒に」

「来年の春に祝言(しゅうげん)という運びになってます」

「待ち遠しいな」

「ええ、とても」

「将来、一本立ちをするんだよな」

「ええ、そのつもりです。それを目当てに、これまで一所懸命に奉公してきましたから」

必死に走り続け、文之介はさすがにへとへとになっている。

蛤町二丁目に着いたときには、日はすっかり暮れていた。

「三味線の師匠の家はどこだ」

「確かこのへんなんですが」

立ちどまって磯吉はあたりをきょろきょろと眺めた。表情に戸惑いのようなものが浮かんでいる。

「わからんのか」

「ええ、すみません。あっしも一度来たことがあるだけなものですから。それにあのときは昼間だったんで、どうも風景が……」

すでに人けはほとんどなく、町は深閑とした静けさに包みこまれようとしている。

文之介はさすがに焦った。

今にも平五郎が牙をむいて、お葉に襲いかかろうとしているのではないか。静寂を突き破って、悲鳴がきこえてくるのではないか。

文之介は勇七に、磯吉とともに家を捜し続けるように命じ、自身は町の木戸のところに戻って自身番に入った。

つめていた町役人から場所をきき、すぐさま飛びだした。

師匠の家とおぼしき建物が濃くなりつつある闇のなかに見えてきたとき、ちょうど勇七たちもそこに駆けつけたところだった。

「ああ、旦那」

「そこだな」

文之介は家を指さし、磯吉に確認した。

美しい三味線の音が響いている。実にていねいに、心をこめてひかれているのがわかる音色だ。

どうやら間に合ったようだな、と文之介は思った。

腰障子を通じてなかの明かりがこぼれ落ちている庭のほうにまわり、訪いを入れる。

腰障子をひらいて出てきたのは、質素な身なりをした若い娘だった。どうやらこの家で働く小女のようだ。

「お葉さんはいるかい」

文之介はいい、かたわらに立つ男を示した。

「許嫁が迎えに来た、と伝えてほしい」

「いえ、あの、お葉さんはもうお帰りになりましたけど」

「なに。いつのことだ」

「四半刻ほど前です。お貴江(きえ)さんと一緒に」

文之介たちは庭を飛び出た。どうも後手、後手にまわっているような気がしてならない。

「お葉ちゃんの家はどこだ」

駆けつつ文之介は磯吉にきいた。

「ご案内します。今度こそわからないってことはありませんから」

「家はどこだ」

「三笠町(みかさちょう)です」

「三笠町って南本所か」

走りだしながら文之介は頭に絵図を浮かべた。大横川の西側に当たる町だ。どう行けば最もはやく着けるか。

「しかし三笠町から蛤町では、男の足でも遠いよな。なんでお葉ちゃんは、そんな遠くの人を師匠に選んだんだ」

「とにかく腕がすばらしいらしいんですよ。さっききこえてた音色も、おそらくお師匠さんのものだと。あと、お葉ちゃんのおっかさんも同じ師匠に習ったというのもあったみたいです。その頃(ころ)はけっこう近くに住んでたそうなんですが、お師匠さんのほうで越してったという話をききました」

そこまできいて文之介は話をやめた。ずっと走りっぱなしで、息が苦しかった。

「こちらですよ」

お葉の家に到着した。四半刻は駆け続けて、文之介はくたくたに疲れていた。勇七はまだ余力のある顔をしている。

店はあいていた。明かりをつけて、居残り仕事をしている。

「あれ、磯吉じゃねえか。どうした、そんなに血相変えて」

白髪で頭が一杯の男が、作りかけの畳に道具を置いて立ちあがる。うしろに黒羽織がいるのに気づいて、わずかに目をみはる。

「お葉ちゃんはいますか」

「いや、まだ帰ってきてねえが……」

追い越しちまったのか、と文之介は思った。いや、そんなことはない。もしそうなら磯吉が気づかないはずがない。

「あの、お役人、お葉がどうかしたんですかい」

いらぬ衝撃を与えることのないよう、文之介は平板な口調で説明したが、しかし父親にとっては無理なことだった。

「ええっ、あの二人を殺した下手人がお葉を」

父親はさっと青ざめた。

「おぬし、お貴江という娘を知っているか」

「ええ、隣の長岡町（ながおかちょう）に住んでいる友達です。手習所が一緒だった縁で、今も仲がいいんですが……」

父親は必死の顔で考えこんだ。

「寄り道をしてるんでしょう。いつもの甘味処ではないかと」

その場所をきいて、文之介たちは再び駆けだした。足はだるく重く、息はすぐにあがってしまったが、とまるわけにはいかない。

人一人の命がかかっているのだ。もうこれ以上の犠牲者をだすわけにはいかない。

間に合ってくれ。その一念だけで文之介は足を動かし続けた。

竪川に架かる三ッ目之橋（みつめのはし）を渡り、甘味処がある本所徳右衛門町（とくえもんちょう）にやってきた。

「店はどこだ」

文之介がいうと、勇七が腕を伸ばした。

「あれじゃないですか」

一町近く先に、提灯（ちょうちん）の灯りを路上に映している店が見える。

最後の力を振りしぼるようにして走った。

もう店はしまおうとしており、なかに客は一人もいなかった。

今度は完全に行きちがいになったようだ。いや、ちがうのか。

文之介の脳裏を、お美由やお都志の死顔が通りすぎてゆく。

もう平五郎に殺られてしまったのでは。どこかの路地に引きずりこまれ、数珠を握らされて横たわっているのではないか。

いや、まだ大丈夫だ。文之介は自分にいいきかせるようにし、またも走りだした。もうどれだけ駆けたものか。

夜気が完全に町を支配し、大気は冷えきっているが、文之介は寒さなど感じていない。体は熱いし、喉を通り抜けてくる息も熱を持っている。

くそ、どこだ。

文之介はお葉らしい娘の姿を捜し続けた。

だが、見つからない。

「手わけしよう。お葉ちゃんはとにかく三笠町に帰ろうとはしているはずだ」

勇七、磯吉とわかれ、文之介は三ッ目通と呼ばれる道に入り、武家町に走りこんだ。

辻番に、お葉のことをきいてまわったが、お葉らしい娘のことに気づいた者はいなかった。

汗が噴きだしている。額を滑り落ちた汗が目にしみた。手のひらでぐいとぬぐう。

再び走りだし、暗闇のなか必死にお葉を捜す。

次の辻番のところでとまり、同じ問いを繰り返す。同じ答えが返ってきた。

この道は通っていないと判断し、文之介は東へ向かって横道を走った。

半町ほどでとまる。そこにも南北に走る道がある。両側を武家屋敷に囲まれた暗い通りを行く二人の娘の姿が左にぼんやりと見えた。距離は一町ほどか。右側の娘が小田原提灯を持っているようで、行く手がほんのり明るく見えている。

あれだ。間に合った。

あと十間ほどに迫ったときだった。右側の路地から黒い影が飛びだし、提灯を持つ娘を殴りつけた。娘は気絶したようで、どたりという音を残して路上に倒れこんだ。提灯が燃えはじめ、あたりが明るくなったが、それもほとんど一瞬にすぎなかった。

もう一人の娘がはっと振り返ったが、そのとき左手から右手になにかを握り替えた男がのしかかるようにしていった。

右手に光るのは敷針だ。

「やめろっ」

文之介は怒鳴った。

ぎょっとして手をとめ、平五郎らしい男が振り返る。間近まで迫っている黒羽織を見て、くるりと体を返した。お葉らしい娘を突き飛ばし、逃げはじめた。

「てめえ、平五郎、待ちやがれっ」

文之介は大声をだした。平五郎に向けたのではなく、近くにいるはずの勇七にきこえるようにいったのだ。

平五郎は意外に足がはやい。黒い背中がどんどん遠ざかってゆく。このままでは追いつけそうもない。

くそっ、ここで逃がしちまうのか。

文之介が暗澹として思ったとき、横の路地から一人の人影があらわれ、追いはじめた。

「勇七っ」

勇七は文之介よりはるかに足がはやい。ぐんぐんと追いついてくれるはずだったが、平五郎も足取りが鈍らない。

走りながら勇七が自分の腰に手を伸ばした。捕縄を握り、先端を平五郎に向かって投げつける。

闇を切り裂くように縄が伸びてゆく。

平五郎が足払いを食ったように転がった。あわてて立ちあがろうとするが、縄が足に絡んでおり、勇七が鋭く腕を引くと、再び前のめりに転んだ。

「旦那、はやく」

勇七が手招く。

文之介は勇七を追い越し、縄をはずそうともがいている男に駆け寄った。

「てめえ、神妙にしやがれ」

文之介は十手を大きく振りかぶった。

「やめてくれっ」

野太い声で叫び、頭をかばう。

「おとなしくしますから……」

文之介は油断せず、なにかしようとしたらすかさず十手を振りおろせるような体勢を取った。

「その得物を捨てな」

平五郎はぼんやりしている。文之介はもう一度いった。

その言葉で手元にまだ敷針があるのに平五郎は気づいたようだ。瞳を光らせて文之介をにらみ、猫を思わせる跳躍をしてみせて飛びかかってきた。

敷針が闇のなかに獰猛(どうもう)な光を浮かびあがらせる。

「なめるなっ」

文之介はきん、と敷針を弾き飛ばすや、がら空きの右肩に思いきり十手を叩きつけた。手加減も容赦もなかった。この男の手にかかった二人の仇討のつもりだった。

骨が折れたような音がしたが、骨ははずしている。折れたはずがなかった。

平五郎は左手で肩を押さえ、ぐむう、といううめき声を発した。両膝を地面につけ、尻をすとんと落とした。

無念そうに顔をゆがめているが、これ以上抵抗できる気力も体力もなくしたのを文之介は見て取った。

「勇七」

うしろに控えている中間を見つめ、うなずきかける。

「縄を打ちな」

「へい」

いかにもうれしそうに答えて勇七が足を踏みだし、平五郎を捕縄でがんじがらめにした。

「旦那、やりましたね」

捕縄をぐいと持ちあげてみせる。

「勇七のおかげだ」

「とんでもない。あっしはほんのちょっとお手伝い、しただけですよ」

「そんなことはないさ。勇七がいなければ、つかまえられなかった」

ありがとうございます、というように勇七が頭を下げる。

「でも旦那、すごい走りでしたね。この前、そいつをかっぱらわれて子供らを追いかけたときとは雲泥の差ですよ」

文之介は右手の十手に目を当てた。

「勇七、そんなでけえ声でいうんじゃねえよ。まあ、定町廻り同心としての意地かな……いや、よくわからんな。——よし、引っ立てろ」

勇七が平五郎を立ちあがらせるのを見て、文之介は二人の女のもとに歩み寄った。

お貴江はすでに起きあがり、頭を振っている。文之介が怪我はないか、と声をかけると、かすかながらも笑みを浮かべて、はい、どこにも、と明るい声で答えた。

文之介はお葉にも同じことをきこうとしたが、とどまった。

磯吉が、まだ驚きからさめない様子のお葉をかたく抱き締めていたのだ。

「旦那、どうやら大丈夫みたいですねえ」

「ああ。でもあいつ、意外とだらしねえな」

磯吉は、おんおんと男とは思えない声をあげて激しく泣いているのだ。

「よかった、よかった。無事で、本当によかった」

そういっているらしいが、涙でくぐもってはっきりとはわからない。

「でも勇七、いい光景だな」

「ええ、うらやましいですよ」

「俺はお春とああいうふうに抱き合いたい」

「あっしは……」

勇七があわてたように言葉をのみこむ。

お葉が文之介たちに気づいた。

「ちょっと磯吉さん、放してよ。お役人が見てるじゃない」

お葉は突き放そうとしたが、磯吉はその言葉が耳に入っていないかのように離れない。

逆に腕に力をこめたようだ。

「ちょっとあんた、離れないと縁談、なかったことにするわよ」

お葉が声を荒らげる。

「そんなあ」

涙をぬぐって磯吉が許嫁を見る。

「そんなあ、なんて女みたいな声、だすんじゃないわよ。ほら、いつまでもしがみつい
てないで、とっとと離れなさいよ」

「でもさあ――」

ぱしん。磯吉の頬が鳴った。

「痛え。なにすんだよ」

頬を押さえ、小さな声で抗議する。

「いうこと、きかないからよ」

「だからって殴るなんて、ひどいよ」

「あんたが女々しいからよ。まったく、うっとうしいったらありゃしない」

お葉が腕を振りほどき、立ちあがった。怒った顔でそっぽを向く。磯吉は呆然と見あ

げ、地面に一人座りこんでいる。

文之介は勇七と顔を見合わせた。

「おい勇七、なんか雲行きが怪しくなってきたな」

「ええ、破談なんてことにならなきゃいいんですけど」

「おい、こら、おめえのせいだぞ」

文之介は振り向き、肩の痛みに顔をしかめている平五郎の額をこつんとやった。

それを合図にしたかのように、平五郎が咳きこみはじめた。

そのあまりの激しさに、文之介はたじろぐものを覚えた。死病に冒されているのは紛れもなかった。

七

火鉢が放つ熱で、部屋は気持ちのいいあたたかさに満ちている。

丈右衛門は湯飲みを引き寄せ、静かに茶を飲んだ。口中に広がる苦みがむしろ心地いい。にんまりとしてしまいそうだ。

「なにかいいことでもあったんですか」

お茶をいれ直したお知佳に問われた。

いてきた。

「実はさ」

丈右衛門はやや照れながらも口にした。口にしたことで、新たな喜びがじんわりとわ
「ああ、そうだったんですか。息子さんが初手柄を。おめでとうございます」

お知佳は我がことのように喜んでくれた。それが丈右衛門はうれしかった。

「あいつにしてはよくやった」

「それだけのお力は最初から持ってらしたんですよ。なんといっても、丈右衛門さまの息子さんですから」

「息子、というのは関係ないさ。あいつのがんばりだろう」

「それはそうでしょうけど、やっぱりそれだけじゃありませんよ」

お知佳が顔を近づけるようにいう。丈右衛門は体が熱くなるような息苦しさを感じた。

「丈右衛門さまのお血が流れてらっしゃるからこそ、今回の手柄につながったのはまちがいないところだと思います」

「わかった、そういうことにしておこう」

お知佳がほっとしたように身を引く。

「でも、その平五郎っていう下手人は、どうして二人の娘さんを手にかけたんです。三人目の娘さんを今から、というところで息子さんが阻まれたんですよね」

「なんだ、けっこう知ってるんじゃねえか」

お知佳はぺろりと舌をだした。

「長屋の皆さんからうかがったんです」

そうか、といって丈右衛門はまた茶を飲んだ。横でぐっすりと寝ているお勢をしばらく見つめてから、話した。

「平五郎って野郎は結局、道連れがほしいだけだったんだ。三人の娘に相通ずる点というのは、美しくて立ち姿がいい、そして指がきれいなことだったそうだ。指がきれいなら、数珠をさせたときによく映えるからな」

「自分の道連れだから、死骸をていねいに扱ったんですね。でも、どうして道連れがほしかったんです」

「平五郎は、自分では労咳に冒されていると思っていたんだ。同じ病で女房にも死なれたらしい。五十を超え、一人で死んでゆくことにたまらぬ寂しさを覚えていたらしい」

「そんな身勝手な理屈で人を……」

「まったくだな」

丈右衛門は同意して続けた。

「だが、平五郎の病は胃の腑と食道の荒れからくるもので、完治させることは楽ではないが無理ではないとのことだ」

「では、勘ちがいだったんですか。医者には診せなかったんですか」

「ああ。治る見こみがない以上その必要はない、と思いこんでたようだな」

「診せればよかったのに」

「そうだな。そうしておけば、人を殺すようなことにはならなかったんだろう」

「死罪ですよね」

「ああ。病が治る前に仕置になるのは、まずまちがいなかろう」

「おかわりはいかがです」

丈右衛門は茶を干した。

「いや、もういい。今日はもう帰る」

「えっ、もうですか」

お知佳が寂しそうな表情を見せる。胸がきゅんとした。

「お食事は。今からつくりますけど」

「いや、今宵はいい」

丈右衛門は照れを隠すためにお勢の頭をなでた。それから立ちあがり、土間におりた。

「次はいつ来てくださいます」

丈右衛門は笑って、障子戸をあけた。路地に立って、お知佳を見る。

「そんなことをいうと、長屋の者に誤解されるぞ」

お知佳が目を合わせてきた。

「私はかまいません。丈右衛門さまはおいやですか」

「いや、まあ、そんなことはないが」

丈右衛門は下を向き、いった。

「では、明日にでもまた来るよ」

「明日ですね。では、お待ちしています」

丈右衛門は歩きはじめた。路地に出てきたお知佳がじっと見つめているのが感じ取れた。

道に入り、懐から取りだした小田原提灯に火を入れた。折りたたみができる提灯だけに照らす先はせまいが、足元に気をつけつつ歩いてゆくには十分すぎるほどだ。

その上に空には星が一杯で、それだけでもかなり明るい。

冬の空らしく、さえざえと澄み渡った空にばらまかれた光の粒は、夏の頃よりもはるかにくっきりと見える。

きれいなものだな。丈右衛門はひとりごち、歩みを進めた。

それほどおそい刻限でもないのに、この寒さを避けたのか、通りすぎる者はほとんどいない。

　さくさくと丈右衛門が土を踏むのが音らしい音だが、それも冷たくかたまったような大気に吸いこまれてゆく。ときおり吹きすぎて着流しの裾を払って入りこんでくる風は、身震いをさせるほど冷たい。

　お知佳は相変わらず身の上を明かそうとはしないが、笑顔はさらに明るいものになっている。だいぶ心をひらいてくれている。

　お知佳の笑顔を見ると、若い頃のように胸がときめく。まるではじめて妻に出会ったときのようだ。

　惚れたかな。

　悪くない。俺もまだ若いということだろう。

　それにしてもよかった、と丈右衛門はしみじみと思った。

　昨日、又兵衛に呼ばれ、文之介の手柄を賞賛されたのだ。

　文之介自身、下手人を捕縛したことだけを教え、自らの手柄を誇るようなことはなかった。むしろ勇七の働きをたたえたのだ。そのとき丈右衛門は、せがれの成長を実感している。

　そういえば、と思いだした。俺もそうだった。

　はじめて手柄を立てたとき、あれは江戸の町をかなり騒がせた押しこみだったが、父にはほとんどなにも話さなかった。やはり照れがあったのだろう。

あいつも同じ道を歩みはじめたということだ。

丈右衛門は空を見あげた。妻の笑顔が浮かんできた。

よかったじゃありませんか。

その通りだな、とうなずきかける。

あいつなら、これからもきっとうまくやれるだろう。

八

「しかし父上はおそいな」

文之介はさすがに案じた。

「ねえ、なにかあったのかしら」

「どこへ行くかきいてないか」

なにも、とお春は首を振った。

「どうする。まだ待つか」

「ううん、帰るわ」

お春が警戒をあらわにする。

「だってこのまま二人でいたら、なにをされるかわからないもの」

「馬鹿。なにいってんだよ」

実際、そのことは考えないでもなかった。心中をずばり衝かれて、文之介はうろたえるしかなかった。

「なんだ、本当にそう思ってたのね。やっぱりいやらしい男だわ」

「そうか、お春は俺のことをそういうふうに思っていたのか」

文之介はすっくと立ちあがった。

「ちょっとなにするのよ」

お春が身構える。

文之介はにっこりと笑った。

「帰るんだろ。送ってゆくよ」

お春は拍子抜けした顔だ。

「あーびっくりした。本気でなにかされるかと思ったわ」

「なんだ、残念そうだな」

お春がむっとする。

「そんなわけないでしょ。なにをいってるのよ」

「なんだ、今度はこっちが図星を突いたみたいだな」

「ふん、勝手にいってればいいわ」

お春がそっぽを向く。

本気で怒っていないのはもちろんわかるが、それでもこういう顔を見せたときのお春は、生き生きして特に美しく見える。それに、形よく盛りあがった胸がとてもきれいに感じられる。

見とれてしまう。

気がつくと、お春がにらみつけていた。

「なに見てんのよ」

「いや、きれいだなあ、と思ってさ」

「ほんと」

「本当さ。お春は本当にきれいだ」

「そう。——でも、姉さんのほうがきれいだと思ってるんでしょ」

一瞬、文之介はつまった。

「そんなことはないよ」

「いいのよ、無理しなくても」

お春が立ちあがる。

「どこへ」

「なにいってるの。帰るのよ」

屋敷を出て、二人で道を歩きはじめた。お春は少しうしろをおくれてついてくる。

「ねえ、お手柄だったんでしょ」

文之介は振り返った。

「どうしてそれを」

「おとっつあんよ」

「藤蔵は誰から」

「弥助さん」

三増屋にも出入りしている岡っ引だ。前は丈右衛門の手札をもらっていたが、今は吾市の手下として働いている。

文之介がつかってもよかったのだが、吾市が腕利きを見こみ、横取りも同然にかっさらっていったのだ。

別にかまわなかった。勇七がいてくれれば十分だ、と文之介は強がりでなく思っている。

「でも、つかまえてくれてよかったわ」

「俺もほっとしているよ。もしかしたら、お春だって狙われてもおかしくはなかったわけだからな」

「そうよね。狙われた人、みんなきれいな人ばっかりだったんでしょ」

「そうだ。でも、お春が一番だろうな」

お美由とお都志の血縁、働いていた店の者たちなど、殺された二人に関係している者すべてに文之介は犯人捕縛を告げてまわった。誰もがすごく喜び、死んでしまった者はもう生き返らないとはいえ、文之介は同心という職についている幸せを感じた。

ちなみに、磯吉とお葉はなんとか破談はまぬがれたようだ。

「今日はよく口がまわるのね」

「さっき、うまい魚を食わせてもらったからさ。舌に今も脂が残っているんだ」

うしろのお春の足音がはやまった。

すぐ間近に近づいてきて、耳元にささやきかけてきた。

「ちょっぴり見直したわ」

甘い吐息が首筋に当たり、下腹がたぎった。文之介はすばやく振り向き手を伸ばしたが、お春はするりと抜けた。

「またね」

小走りに駆けてゆく。

三増屋はすぐそこで、一度振り返ったお春は手を振って、くぐり戸のなかに姿を消した。

文之介はしばらく立ち尽くし、お春のうしろ姿を脳裏に刻みつけるようにした。

ふむ、ちょっとは見こみが出てきたかな。

文之介はいい気分で、道を戻りはじめた。下腹のたぎりはいまだにおさまらず、着物のそこだけが妙な具合になっている。

これではいくら暗いとはいえ、かなり恥ずかしい。文之介は苦手な算学を頭のなかでやりはじめた。

しばらく続けていたら、着物は元の形に戻った。ふう、と軽く息を吐く。

闇が無数の枝を垂らしたような漆黒のなか、文之介の持つ提灯だけが道の先を照らしだしている。

江戸でも屈指の繁華街だが、それは昼間のことで、夜の訪れとともに大店は戸をがっちりと閉め、近くに飲み屋がそろう盛り場がないために道を行く人は極端に減る。

文之介は近道をし、せまい路地に入った。しばらく歩くうち、ふと前を行く人影に気がついた。小田原提灯を手にしている。

父のように見えた。いや、まちがいない。

文之介は足をはやめ、声をかけようとした。

それが喉の奥でとまった。

右手の商家の塀から、丈右衛門めがけて浪人らしい男が飛びおりたのだ。闇にぎらりと抜き身が光る。

「危ないっ」

文之介はだっと駆けだした。

強烈に振りおろされた刀が父を両断する。文之介は目を閉じかけた。

すぐに目をひらく。

いや、父はかろうじて避けていた。しかしよろけている。どこか斬(き)られたようだ。

「父上っ」

文之介は浪人と丈右衛門のあいだに走りこみ、引き抜いた長脇差を正眼(せいがん)に構えた。

「せがれか。邪魔立てするな」

浪人が低い声で息を吐くようにいう。素顔をさらしている。意外に若い。

俺より下なのではないか。文之介は意外な感にとらわれた。

「——きこえなかったのか。どけ」

浪人は正眼から八双(はっそう)に刀を移した。

「父が斬られるのを黙って見ていられるか」

文之介はいい放ったが、足ががくがくしている。なにしろ真剣を向けられたのははじめてだ。

「なんだ、震えているではないか」

浪人が剣尖の向こうであざ笑う。

「大丈夫か、文之介」

うしろから丈右衛門が心配そうに声をかけてきた。

「父上こそ大丈夫ですか」

文之介はちらりと顔を傾けて、見た。

丈右衛門は左腕を押さえている。血が出ているようで、袖のところだけ着物の色が変わっているのが夜目でもわかった。

「かすり傷だ。心配いらん」

丈右衛門は懐からだした手ぬぐいを口で裂き、左腕にぐるぐる巻きはじめた。

浪人が一歩踏みだす。

「俺がうらみがあるのは、親父のほうだ。おまえには用はない。去ね」

文之介は見返した。

「なんのうらみだ」

浪人は顔を動かし、丈右衛門をのぞき見るようにした。

「なんだ、まだ思い当たっておらんのか」

「ここで教えればよかろう」

文之介はいって、長脇差をわずかにあげた。

「なぜ父上を狙う」

「仇さ」

「誰の」

「教えてほしいか」

文之介はうなずいた。

「だが、そういうのは自ら思いだすべきではないのか」

「それが答えか。きさま、名は」

「それも答えたくないな」

そのとき父がふらりと動いた気配がした。脇差を抜こうとしているが、出血がひどいせいか、うまくいかない。どころかふらふらとよろけて商家の塀に背中を預け、どすんと尻を落としてしまった。

「父上っ」

駆け寄りたかったが、目の前の浪人はいつでも文之介を両断できる姿勢を取っている。この場を離れることはできない。

「ざまあねえな。死んでるんじゃないのか」

そんなことはない。気を失っているだけだ。そうだと信じたかった。

「俺が誰か、なぜ親父を狙うのか」

いいざま浪人はぎろりとした光を瞳にたたえた。

「あの世に行けばわかるさ。親子ともども葬ってやる」

どうりゃ。気合を思いきりのせて浪人は刀を打ちおろしてきた。文之介にはほとんど見えなかったが、勘で打ち返した。

きん、という鋭い音が闇にのみこまれる。ざっと土を嚙む音がし、浪人の刀が横に振られた。文之介の脇腹に食らいつこうとしていた。

文之介は下がりざま、叩き落とした。燕が身をひるがえす勢いで、浪人の刀がすくいあげられる。

文之介は、がきん、と正面で受けとめた。浪人が横に動き、袈裟に振りおろしてきた。

文之介ははね返し、踏みこんで長脇差を浪人の面に見舞った。

浪人は片手で弾き、刀とともにやや肩が流れた文之介が体勢を立て直そうとした隙を見逃さず、逆袈裟に振るってきた。

文之介は背をそらすことでかわした。顎先を刃がかすめてゆき、鳥肌が立った。

休む間もなく突きがきた。胸板を貫こうと獰猛な牙をあらわにしている。

文之介は肩をぐいとひねって長脇差を動かし、刀を横にずらした。浪人のがら空きの胴に長脇差を叩きこむ。

しかし空を切った。浪人はあっさりとかわし、文之介の右にいた。そこから強烈な袈裟斬りを繰りだしてきた。

文之介は殺られた、と思ったが、頭が自然に下がり、浪人の脇をすり抜けていた。これまでの道場での修行の成果か、体が勝手に動いてくれた感じだった。

実際、こんなにやれるとは自分でも思っていなかった。体が自分のものとは思えないほど動いてくれている。

文之介は道場主の言葉を思いだした。

「おまえは、稽古より実戦の場のほうがはるかに動けるはずだ」

さすがに岩右衛門だ。文之介のなかに横たわる、本来のたちというべきものを見抜いていたのだ。

「しかししぶとい野郎だな」

浪人が唾を吐いた。さすがに疲れたのか、静かに息を入れている。

それがわかっても、文之介から仕掛けることはできなかった。文之介も疲れきっている。つかの間だろうが、こうして呼吸をととのえられるのはありがたかった。

「おい、もういいか」

浪人が余裕の言葉を浴びせてくる。

「いつでも」

本当はもう少しほしかったが、文之介は平然と返した。

「ふん、強がりやがって」

浪人は路地の両側を見渡した。

「ここは人けがなくていいな。邪魔が入らず存分に戦える」

腰を落とし、じりと足場をかためた。文之介もすかさず同じ体勢を取った。

「本気をださせてもらうがいいか。せがれがまさかこれだけ遣えるとはな。驚きだぜ」

すう、と浪人が息を吸った。足を踏みだしたのが見えた瞬間、飛びあがっていた。いや、そう見せかけただけだった。

浪人は身をかがめ、そこから地を這うような低さで刀を振っていたのだ。

文之介は虚を衝かれ、あわててその場で跳躍した。

「待っていたぜ」

すでに浪人は刀を上段に振りあげていた。そこから、宙にいることで自由な動きを失った文之介の胴を切り裂こうとした。

文之介は長脇差の柄でかろうじて受けたが、両腕に伝わった強烈な衝撃の前に腐れかけた柱のように体が折れ、地面に肩から落ちた。

これこそが浪人の本当の狙いだったようで、文之介が顔をあげたときには刀が胸のあたりを襲おうとしていた。

文之介は顔をそむけ、さらに体を転がしたが、よける自信はなかった。

ちっ。浪人の舌打ちがきこえ、文之介はまだ生きているのを知った。

なんとか立ちあがれたが、さらに浪人は迫ってきていた。刀が胸を貫こうとしている。

文之介は長脇差を横に振って避けたが、足がずるりと滑った。

間を置かずに袈裟斬りが見舞われた。文之介は右足を土に取られつつも、がばっと地面に伏せた。うしろ頭をかすめて、猛烈な風が吹きすぎてゆく。

かすかな痛みを覚えたが、それは後れ毛を斬られたからのようだ。

文之介は這うようにして浪人の間合から逃れようとした。しかし、浪人はそうはさせじと追ってくる。

刀が背中を斬り割ろうとしているのを直感でさとった。文之介は腕を突っ張るようにして横に飛び、斬撃をはずした。

浪人は執拗に追いかけてくる。それは父に対するうらみの深さを感じさせた。

転がるように動きながら、文之介は父を見た。どうやら息はしているが、まだ目はあいていない。

文之介は目の前に塀があるのに気づいた。これ以上逃げられない。背後で、ぶんと風を切る音がした。

文之介は、そこに刀がくるであろうという予測のもとに右手一本で長脇差をうしろにまわした。

がきん、という音とともに腕が変な方に曲がった。骨が折れたのでは、と思ったが、それは思いすごしにすぎなかった。

文之介は刀をはねのけると同時に体をひるがえし、長脇差を構えた。

そのときには上段からの振りが眼前に近づいていた。文之介は長脇差をあげたが、間に合うか自分でもわからない微妙さだった。

しかし浪人の刀は長脇差にぶつかる前に、とまっていた。塀に刃が食いこんでいるのだ。

浪人の顔に狼狽(ろうばい)が走った。抜けなくなっているのだ。

文之介はここぞとばかりに踏みだし、長脇差を浪人の腹に浴びせた。しかし、またも空を切った。

浪人がにやりと笑った。

文之介は必死に長脇差を引き戻そうとしたが、浪人の斬撃(ざんげき)のほうがはやかった。目の前に刃が巨大な光となって迫った。文之介は体を無理によじった。途端に足がまた滑り、尻からどすんと地面に落ちた。鬢(びん)から襟元(えりもと)にかけて刀が髪と着物を切り裂いて走っていったのが肌でわかった。

文之介はあわてて立ちあがり、浪人の間合の外に出た。また浪人が舌打ちした。

「本当にしぶとい野郎だな。しかも運がいい」

「あきらめるか」

「馬鹿をいえ。俺はそんなにあきらめがいいほうではない」

ちらりと丈右衛門のほうを見た。

「しかしきさまさえいなければ、とっくに命はもらっているものを」

瞳に憎悪の炎が燃えている。

「行くぞ。今度こそ本気だ」

浪人は八双に刀を構えた。そこから徐々に刀尖を下に垂らしてゆく。ついに地面につき、そこで浪人は大きく息を吸った。

まるで刀尖を通じて土の気でももらっているかのようだ。

なにをする気だ。文之介はいぶかしむ気持ちで見守った。

浪人が今度は静かに息を吐きはじめた。息がとまったところで顔をあげ、そのままの姿勢で前に進んできた。

文之介は長脇差を正眼に構えているしかなかった。

浪人は自らの間合の手前で足をとめた。そして、いきなり刀で土を思いきり叩いた。

なにをしているのか。文之介は目をみはった。

浪人はさらに叩いた。かすかに足元が揺れるのを文之介は感じた。

錯覚か。ちがう。三度目、四度目も揺れを感じた。

五度目は強烈だった。どーんと足を突きあげるような感じで土が動いた。

なにっ。文之介は面食らった。こんな刀法があるのか。

知らず体勢を崩し、地面に手をつきそうになるくらいによろけていた。

浪人が突っこんできた。

文之介は顔をあげるのがせいぜいで、刀を構えるどころか、体を動かすことすらできなかった。落ちてくる刀をただ見つめているしかなかった。

これで俺の人生もおしまいか。

そんな思いが心をよぎってゆく。文之介は目を閉じて、やがてやってくるこれまでに経験したことのないであろう痛みに耐えようとした。

しかし刀はやってこず、代わりに頭上で、きん、という金の打ち合う音がした。

「文之介、しっかりしろ」

父の声だ。

文之介は目をあいた。横から丈右衛門が脇差を差しだし、浪人の刀を受けとめていた。

「きさまらっ」

浪人の怒りは頂点に達したようだ。丈右衛門に刀を思いきり叩きつけてゆく。

しかし怒りのせいか、それまでの切れを明らかに欠いている。丈右衛門は難なく避け、うしろに下がった。

父をかばうように文之介は浪人の前に出た。浪人は袈裟斬りを浴びせてきた。

びしりと弾いた文之介は膝を折り、腰を落とした姿勢で長脇差を胴に持っていった。

浪人はよけたが、いつのまにかそばに寄ってきていた父には驚いたようだ。なに、という顔をし、すでに脇差が打ちおろされているのをさとってうしろに飛びすさった。

父はさらに追い、袈裟に振りおろした。浪人は右肩をよじるようにして、かろうじてかわした。

「くそっ」

悔しそうに言葉を吐きだすや、浪人は文之介と丈右衛門を交互に見た。唇を嚙み締め、さっと体をひるがえした。夜の底に向かうように一気に足をはやめ、姿を消していった。

もう戻ってこないのを確かめた文之介は体から力が抜け、ふらふらと倒れこみそうになった。息が荒く、喉が焼けついたように熱い。

「大丈夫か」

丈右衛門が左腕を押さえて、近づいてきた。

「ええ。父上は」

ぜいぜいと呼吸をしつつきく。

「なんとかな」

「血が出てますよ」

「たいしたことはない」

父は青い顔をしているようだ。

「そんなことはありませんよ。診せてください」

文之介は差しだされた腕を見、自分の手ぬぐいで傷のあたりをあらためて縛った。

「すぐに医者に行きましょう」

「医者などいい。きらいだ」

「しかし——」

「いいといっているんだ」

丈右衛門の顔をじっと見る。瞳にいつもの力強い光が戻ってきていた。

「わかりました。肩、貸しますよ」

「すまんな」

父は素直に寄りかかってきた。

「それにしても、あれはいったい誰なのです」

歩きだして、文之介はきいた。

「知らん」

「考えたのですか」

「むろん。だが思いだせん」

「歳ですからね」

文之介は、預けてくる丈右衛門の体が少し軽くなったのでは、と感じている。それがもの悲しく思えた。

「この前、袖を切られていましたが、今の男ですね。しばらく一人歩きはつつしんでください」

「半人前がえらそうに申すな」

「その半人前に救われたのはどなたです」

「なんだ、おまえ、救った気でいるのか」

「それがしがいなかったら、父上は今頃むくろにされてましたよ」

「わしがいなかったら、おまえこそ殺られていただろうが」

「いえ、あんな助けなどなくても、それがしは避けてましたよ」

「なにをいう。おまえ、死を覚悟しただろうが」

「そんなことはありません。父上の勘ちがいです」

「わしの目が節穴とでもいうのか」

「歳を取られて、だいぶ悪くなったのは事実でしょう」

近くで戸がからりとあいた音がした。

「うるさいよ、喧嘩ならよそでやっとくれ」

二人は顔を見合わせ、しばらく無言で歩いた。

　丈右衛門が低い声できいてきた。

「そういえば、青山の娘との食事はどうなった。もう行ったのか」

「どうしてそれを。——勇七ですね」

「わしにいってきたんだ。おまえが妙な真似をしないよう釘を刺してくださいってな」

「あの馬鹿、なにいってんだ」

「その娘に惚れているのか」

「冗談じゃないですよ」

「でも食事には行くんだろ。お春にいっていいか」

「やめてください」

「だったらわしにえらそうな口をきくな。わかったな」

「わかりました」

　このくそ親父、と小声で毒づいた。

「ほう、くそ親父か。わしは昔っからそういわれるのが夢だったんだ。いい響きだよな」

　はっはっはっ、と丈右衛門が笑う。

　夜空に吸いこまれてゆくその明るい笑い声を、文之介は気持ちよくきいた。

解説

細谷正充（文芸評論家）

鈴木英治の人気を決定した作品は何だろう。人によって意見は違うだろうが、私は「父子十手捕物日記」シリーズだと思っている。作者の経歴を見ながら、その理由を簡単に説明してみよう。

鈴木英治は、一九六〇年、静岡県沼津市に生まれた。明治大学経営学部卒。一九九九年、桶狭間の戦い前後の今川家を舞台にした、スケールの大きな戦国ミステリー『駿府に吹く風』で、第一回角川春樹小説賞特別賞を受賞する。タイトルを『義元謀殺』と変え、上下巻の単行本で刊行し、作家デビューを果たした。デビュー第二作の『血の城』も戦国ミステリーだったが、第三作の『飢狼の剣』で、江戸時代を舞台にした剣豪ミステリーに挑戦。また、この作品から文庫書下ろし時代小説がメインとなる。以後、書院番（後に徒目付）の久岡勘兵衛や、用心棒稼業の里村半九郎を主人公にしたシリーズを発表。注目すべきは、「半九郎」シリーズで、剣豪ミステリーに、飄々たるユーモアを加味した点である。また、二〇〇三年から始まった「手習重兵衛」シリーズは、手習の師匠を主人公にすることで子供たちと絡め、重兵衛の温かな魅力を引き出している。もともと作者本人が明朗な気質の持ち主なのだが、作品を書き続けることによって、しだいに露わになっていき、独自の魅力ある物語世界を創り上げるようになったのだ。それを「父子十手捕物日記」シリーズは、最初から強く意識しているのである。

本書『父子十手捕物日記』は、若手同心の御牧文之介を主人公にした、シリーズの第一巻だ。ちなみにシリーズは全十八巻。二〇〇四年十二月から、一〇年十二月にかけて、徳間文庫から書下ろしで刊行された。内容の面白さに加え、第三巻まで三ヶ月連続刊行したこともあり、文庫書下ろし時代小説ファンの注目を集めた。今回、光文社文庫から復刊されたことも、人気の高さを証明するものであろう。

名同心だった父親の丈右衛門が隠居してから二年。新米同心の文之介は、大きな事件を担当することもなく、美味いものと娘の尻ばかり追いかけている。近所の悪ガキと本気になって遊んだり、悪戯をされたり（本書の冒頭でも十手を取られている）と、まるで大きな子供である。文之介の幼なじみで、中間をしている勇七が、呆れることも多い。だが文之介は、気のいい男だ。なかなか発揮されないが、才能もあるらしい。そんな文之介が、初めて殺人の探索に当たることになる。

殺されたのは、お美由という娘だ。一膳飯屋の仕事が遅くなり、夜道を歩いていたところを、何者かに襲われた。なぜか死体は、眠っているかのように仰向けになっており、さらに数珠(じゅず)を両手で握りしめていた。また読者には犯人が、激しい咳(せき)をすることが明かされている。現場で直属の上司の桑木又兵衛(くわきまたべえ)に、遅くなった娘が、近道をしたのではないかという推理を披露する文之介。その一方で、娘の父親たちが泣くと、一緒に涙を流す。こうした場面を積み重ねることで、主人公の同心としての能力と人間としての魅力が、どんどん増していくのだ。キャラクターを立てる、作者のテクニックは、誠に心憎い。

そうそう、小説としてなら、読みやすさも特筆すべきだろう。文庫書下ろし時代小説は、読みやすさを追求している面もあるのだが、それにしても本書の文章はなめらかだ。多用される会話もテンポがいい。たとえば文之介と勇七のやり取り。


「旦那、女のけつばっかり追いかけてねえで、仕事をしましょうや」

「ちゃんとやってるじゃねえか」

「——旦那、鏡、持ってますか」

「なんだ、急に。ねえよ」

「いえ、その鼻の下が伸びたしまりのないお顔をご覧に入れたいと思いまして」

「勇七、鼻の下が伸びるなんて、そんなことはありえねえんだよ。俺はそんな野郎、これまで一度も見たことねえぜ」

勇七がにっと笑う。

「惜しいですねえ。今が最初の機会だっていうのに」

このような調子のいい会話が、あちこちにある。もちろん相手によって文之介の口調は変わるのだが、とにかくテンポが抜群。気がつけば数十ページを読み進めていたなんてこともザラである。鈴木作品の人気の秘密は、この文章にもあるのだろう。

さて、文之介の探索が進行すると同時に、父親の動きも描かれていく。気楽な隠居暮らしをしている丈右衛門。まだ赤子の娘と一緒に身投げしようとした女を助け、長屋の世話をしている。お知佳とお勢という名前は教えてもらったが、身投げしようとした事情は分からない。それでも、いままでの同心人生で培った人脈を駆使して、母娘の世話を続ける。さらに旧知の又兵衛から連絡を受け、独自に事件の探索に乗り出した。また、謎の凄腕浪人に命を狙われる。第二の人生も、なかなか忙しいようだ。

さらに本書には、複雑な恋愛模様がある。御牧家には、「三増屋」という味噌と醤油を扱っている大店の娘で、十七歳になるお春が出入りしている。なぜか丈右衛門を大好きだというお春に、文之介は惚れていた。その文之介を追いかけまわしているのが、大身の呉服屋「青山」の一人娘のお克だ。厚化粧で、ドスコイ体形のお克に文之介は辟易している。ところが美男の勇七は、お克に夢中である。といったように、一方通行の恋なっている。

愛感情が連なっているのだ。彼らの恋の行方がどうなるかも、シリーズを読む楽しみに

話を事件に戻そう。困難な探索を続ける文之介。父親に軽いコンプレックスを抱いているため、事件に介入してきたことに腹を立てる。このあたりは、まだまだ未熟である。それでも悪ガキたちから有力な情報を得るなど、文之介ならではの方法で犯人に迫っていく。しかし、なにかと文之介に突っかかる同僚の鹿戸吾市が、勇み足で無実の男を捕縛。その後、第二の殺人が起きてしまった。しかも被害者は、文之介が事件の聞き込みをした娘だ。自分の行動が新たな悲劇を招いたかもしれないと思い、一時は落ち込んだ文之介だが、勇七の手荒い励ましにより立ち直り、さらなる熱意を込めて犯人に向かっていくのだった。

被害者の関係者の涙に同調するように泣いてしまう文之介だが、第二の事件によって、怒りや慚愧を背負い込む。それが彼を成長させるのだ。気がいいことは分かるが、頼りにならない近所のアンちゃんといった感じの文之介が、世の中の喜怒哀楽を身に受けて、真っすぐに伸びていく。その姿が、なんとも気持ちいいのである。

いや、文之介だけではない。他の人たちも、どんどん変わっていく。あの吾市だって、シリーズの中で、成長するのだ。また、上司としては有能だが、非常な吝嗇である又兵衛。彼はある夢のために金を貯めている。その夢は、シリーズ第十一弾『父子十手捕

物日記　情けの背中』で、ようやく明らかになるのだが、とにかくぶっ飛んでいる。人は成長し、人間関係は変わり、意外な事実も露呈する。シリーズならではの読みどころも、てんこ盛りなのだ。

他方、犯人像にも注目すべきものがある。次々と娘を殺す、犯人の目的は何か。それが判明したとき、あまりにも身勝手な動機に呆れると同時に、悲しみも感じた。現在の日本は高齢化社会であり、それは増々進んでいくだろう。ひとり暮らしを続け、孤独に死んでいく人も、さらに増加するはずだ。この犯人は唾棄すべき存在（意外な事実が、それを強調する）だが、その孤独は他人事ではない。現代日本と通じ合う犯人を描き切ったところも、作者の手柄といっていい。

ところで私は、作者が二〇一四年六月に徳間文庫から刊行した『若殿八方破れ　彦根の悪業薬』の巻末で、その時点で徳間文庫から上梓した鈴木英治作品（「若殿八方破れ」シリーズは除く）の全作品のガイドを書いている。もちろん「父子十手捕物日記」シリーズについても全作品を紹介している。そして完結篇となる『父子十手捕物日記　夫婦笑み』の項では、

〝とうとう「父子十手捕物日記」シリーズも完結。それに相応しく、文之介が躍動する。そしてラストは、ファンの誰もが願っていた光景で、物語が締めくくられているのだ。

感無量の大団円(だいだんえん)に喜びを。これほど楽しいシリーズを描き切ってくれた作者に感謝を。
ありがとうございました。〟

と、書いた。過剰に褒(ほ)めたつもりはない。シリーズを既読の人なら、同じ想いを抱いてくれるだろう。だから本書で、このシリーズを知った読者も安心してほしい。そして大いに期待してもらいたい。読めば読むほど、幸せを願ってしまう、気持ちのいい人々が、ここにいる。彼らが広げていく、温かなコミュニティが、ここにある。これから続々と刊行される本シリーズで、その魅力的な世界に遊ぶことができるのだ。

二〇〇四年十二月　徳間文庫

光文社文庫

長編時代小説
父子十手捕物日記（おやこじってとりものにっき）

著者　鈴木英治（すずきえいじ）

2020年7月20日　初版1刷発行

発行者　鈴木広和
印刷　堀内印刷
製本　榎本製本

発行所　株式会社　光文社
〒112-8011　東京都文京区音羽1-16-6
電話（03）5395-8149　編集部
8116　書籍販売部
8125　業務部

ISBN978-4-334-79060-8　Printed in Japan

組版　萩原印刷